ECHT ÜBRIG

Das Kleingedruckte:
Auch wenn »Echt übrig« vielfach auf Erlebnissen der Autorin
basiert, sind Ähnlichkeiten der beschriebenen Personen mit realen
Menschen rein zufällig. Weil aber Lesern ein Buch dann besonders
gut gefällt, wenn sie sich darin wiederfinden, wäre es perfekt, wenn
Ihnen genau das passiert.

1. Auflage November 2015
Smart & Nett Verlag, München
Veronika Peschkes und Dirk Walter GbR
© 2015 by Smart & Nett Verlag, München
Umschlaggestaltung: Smart & Nett Verlag
Foto Cover: © Robert Kneschke / Fotolia.com
Satz: Smart & Nett Verlag
Verlagsdienstleister und Druck: Tredition, Hamburg
Printed in Germany 2015
ISBN: 978-3-946406-00-6

www.smart-und-nett-verlag.de

Sie finden uns auch bei:
Facebook, Twitter und YouTube

Dieser Titel ist auch als E-Book erhältlich.

Martina Jansen

Luna ist ...

ECHT ÜBRIG

Ein (fast) wahres Abenteuer im Dschungel

der Internet-Singlebörsen

 SMART & NETT

Über das Buch

Anfang 50, Single und ECHT ÜBRIG!
Begleiten Sie Luna, wie sie sich aus der Enge ihrer
Kleinstadt in das große Abenteuer Internet stürzt, um
per Singlebörse einen attraktiven Mann zu finden.
Von rheinischem Humor getragen, kämpft sie sich
tapfer durch die Kuriositäten der Registrierung.
Spätestens beim Chat quer durch Deutschlands
Dialekte und nach den ersten Missverständnissen
durch kryptische Abkürzungen kommen Ihre
Lachmuskeln nicht mehr zur Ruhe.

Über die Autorin:

Mit Bodenhaftung und rheinischer Frohnatur
meistert Martina Jansen ihre Arbeit als Autorin, ihre
Rolle als Mutter und ihr vielfältiges ehrenamtliches
Engagement. Sie nimmt die Leser mit in komische
und groteske Geschichten des alltäglichen Lebens als
würde sie am Tresen plaudern.
Sie staunen, Sie kichern oder brüllen vor Lachen und
– eh Sie sich's versehen – haben Sie ein Buch von
der Autorin aus Dorsten ausgelesen. Und eigentlich
möchten Sie sich mit Martina gleich wieder an der
Bar verabreden.

Danksagung
Ich fasse mich kurz:
Mein Dank gilt vor allem meinem alten Freund
Roland Engert, der die Skizze für das Cover,
sowie die Zeichnungen im Inneren der ersten
privat gedruckten Bücher, die ich an Freunde
verschenkt habe, beigesteuert hat.
Roland hat die Geburt und das Heranwachsen
von »Luna« auf seiner Webseite begleitet und
daher fand natürlich auch sein erster Artikel
damals Platz in dem Buch.

Außerdem bedanke ich mich ganz besonders
bei Veronika Peschkes und Dirk Walter vom
Smart & Nett Verlag dafür, dass sie an mich
glauben und mir die Möglichkeit gegeben
haben vom Selfpublisher zum Verlagsautor zu
wechseln.
Ich werde mein Bestes geben, sie auch mit
meinen weiteren Manuskripten nicht zu
enttäuschen.

Martina Jansen

Widmung
Dieses Buch widme ich meinen Eltern und
meiner Tochter, die mich immer unterstützt
und sich über jeden, noch so kleinen Erfolg mit
mir mit gefreut haben.
Danke!

Martina Jansen

prolog

»Weiblich, ledig, 50, sucht«[1] ... frei nach Ina Müller.

Dieser Songtitel passt auf mich, allerdings ist das Alter etwas geschmeichelt, denn den Schachtelkranz zu meinem 50. haben meine Freunde vor gefühlten 15 Jahren an meine Haustür genagelt.

Genau genommen stimmt »sucht« auch nicht, denn ich bin eigentlich nicht auf der Suche nach einem Partner. Ich komme ganz gut alleine zurecht und muss mir nicht noch Probleme ins Haus holen, die ich ohne Männer gar nicht hätte. Sorry Männer, aber ich muss ja meinem Image gerecht bleiben!

Bleiben »ledig« und »weiblich« übrig, aber diese beiden Attribute stimmen dann endlich, denn weiblich bin ich, sehr weiblich ;-)

Wie dem auch sei, es ist Wochenende, ich bin alleine zu Hause, denn meine »Nicht-Single-Freunde« unternehmen an diesen Tagen verständlicherweise etwas mit ihren Familien. Und Single-Freunde habe ich nicht.

Also gehe ich meine Beschäftigungsmöglichkeiten im Geiste durch: Der Blick durchs Fenster bekräftigt meinen Gedanken, dass ich mal wieder im Garten tätig werden

---

1 »Weiblich, ledig, 40, sucht« • Ina Müller • 2006 • Smd 105m (Sony BMG)

muss: Hecke, Teich, Rasen, Beete, alles müsste mal wieder in Schuss gebracht werden. Aber zum Glück behält der Kopf, und damit auch die Vernunft, die Oberhand, und ich lasse Rasenmäher, Kettensäge, Axt und Rosenschere in der Garage. Ich kann doch den seltenen Vögeln in meinem Garten nicht ihre Nist-, Futter- und Meditationsplätze im wahrsten Sinne des Wortes unter der Schwanzfeder wegschneiden. Nein, da stelle ich uneigennütziger Weise den Naturschutz über meine eigenen Bedürfnisse. Dass es mir draußen eh zu kalt gewesen wäre, erwähne ich nur mal der Form halber.

Früh ins Bett zu gehen ist ja eh mittlerweile fast die Regel bei mir. Heute mal nicht.

»Fernsehen« ... Familienquiz, Liebesschnulze und ein Bericht über das aufregende Leben der Einsiedlermilben. Da fällt die Wahl echt schwer. Dann doch lieber mit einem Buch ins Bett?

»Ich gehe mal wieder aus«. An sich ein guter Gedanke, lässt sich aber nicht so einfach umsetzen. Ich wohne weder in Berlin, noch in Frankfurt, ja nicht einmal in Essen oder Düsseldorf. Sagen wir mal so, in dem Ort, in dem ich wohne sind die Freizeitangebote für Oldies sehr überschaubar. Dorsten ist nun mal nicht das Zentrum der Single-Events.

Wer sich wie ich auf halber Strecke zwischen Kuscheltuch und Rheumadecke befindet, ist eindeutig zu alt für die Teeniedisco und zu jung für den Seniorentee.

»Die halbe Strecke«[1] besingt Ina Müller in einem ihrer Lieder und ja, ich mag diese toughe Frau und ihre Lieder, wie unschwer zu erkennen ist.

So langsam gehen mir die möglichen Möglichkeiten aus, also werfe ich mal einen Blick in die Tageszeitung, vielleicht werde ich ja dort fündig. Und wie ich fündig werde :-)

Im überregionalen Teil bleibt mein Blick an einem Artikel über Internet-Dating hängen, also das, was wir früher als Kontaktanzeige in der Zeitung kannten, nur jetzt viel schneller und moderner.

1 »Auf halber Strecke« • Album »Weiblich, ledig, 40, sucht« • Ina Müller • 2006 • Smd 105m (Sony BMG)

Kapitel 1

Freitagabend 20:00 Uhr

Ich fahre meinen Rechner hoch und nachdem ich »Google« bemüht und 127.000 Ergebnisse zum Suchbegriff »Singlebörse« angezeigt bekommen habe, steigt meine Zuversicht und ich weiß, ich bin auf dem richtigen Weg.

Ich klicke also auf den ersten Link und prompt gelange ich auf die Seite, auf der ich mich registrieren sollte. Wenn's weiter nichts ist …

»Bitte wählen Sie einen Benutzernamen«
Okaaaaaaaay

»Suche_Mann«
Neee

»Suche_dich«
genauso einfallslos

»Sonnenschein«
Passt doch eher zur süßen Enkeltochter des Nachbarn.

»Herzblatt«

»Dieser Name ist bereits vergeben.«

»Alt-aber-trotzdem-fit«
»Dieser Name ist zu lang, bitte wählen Sie einen anderen Benutzernamen«

Ich starre auf die Eingabemaske. Ich hab´n Blackout und mir fällt absolut kein einziger Name ein. Ich starre weiter und weiter und komme dann auf den Gedanken, mal zu sehen, auf welche Namen meine Mitbewerberinnen gekommen sind.

»Maus« in sämtlichen Verniedlichungen, mit fast allen mir bekannten Adjektiven, Zusammensetzungen und Schreibweisen:
»graue Maus«
»dein_Mäuschen«
»Quitschemaus«
»Kuschelmaus«
»Liebesmaus«
473 x vorhanden

»Schmusekatze«
»Schmusekätzchen«
398 x vorhanden

»Hexe«
»Biene«
»Engel«
»Queen«
»Lady«
»Blümchen«
»Hase«

»Wolke«
1.745388 x vorhanden

Na super, das hilft mir ja echt weiter. Komm streng dich an, dir wird doch wohl noch ein Username einfallen. Ich versuche es in dem Bereich Mystik und Esoterik.

»Elfe«
Aber nicht bei meiner Größe und meinem Gewicht.
»Zauberin«
»dein_Karma«
»Seelengold«
»die-Mondfrau«
»Tantra Lichtwesen«
»Magierin«
»Göttin«
»Schutzengel«
»Sternenglück«

Mit Begriffen aus dem Alltag:
»Romantikerin«
»Gartenfreundin«
»Sommerfee«
»Optimistin«
»Realistin«
»Pessimistin«
»Leseratte«
»grandma«

Aus dem Sport:
»Hürdenläuferin«
»Walking-Fan«

»*no_sports*«

Aus Funk und Fernsehen:
»*supernanny*«
»*die_Gräfin*«

Aber keiner der Namen wird angenommen und jetzt ist
er mir auch mittlerweile schon so egal, dass ich es selbst
mit Begriffen aus dem Tierreich versuche:
»*Hase*« (ja ich weiß, siehe oben …)
»*alte-Eule*«
»*Scheues-Reh*«
»*Hamsterbacke*«
»*Schlaufuchs*«
»*Steinbock*«
Kann ich noch tiefer sinken? Ja ich kann:

»*Zicke*«
»*Biest*«
»*alter_Besen*«
ja und auch
»*Hexe235*«

Und dann geht ohne Vorwarnung eine Stunde später ein
neues Feld auf:
»*Bitte wählen Sie ein Passwort*«
Ich fasse es nicht, ich bin drin. **ICH BIN DRIN!**

Ab jetzt bin ich also »**Old_Lady**«.

Ein Passwort zu finden gelingt mir dann echt schnell, nur
noch ein Bestätigungslink an meine Mailadresse …

HALT, an meine offizielle Mailadresse mit vollem Vor- und Nachnamen? »Never ever«, nachher ist sie für alle im Netz sichtbar.

Also geht noch mal eben eine halbe Stunde drauf, bis ich eine zweite Mailadresse gefunden und alles zur Zufriedenheit des Programms ausgefüllt habe.

»So bekomme ich den Freitagabend auch herum« ist mein erster Gedanke, gehe aber nicht näher darauf ein, denn jetzt stehe ich unmittelbar vor dem Durchbruch:

»Bitte füllen Sie ihr Profil aus«

Ich suche:
- ☐ *eine Beziehung*
- ☐ *ein Abenteuer*
- ☐ *eine Mailfreundschaft*
- ☐ *einen Freizeitpartner*
- ☐ *einen Mann …*

»Exakt in dieser Reihenfolge« denke ich mir und setze meine Kreuze in JEDES der Felder, d.h. ich will sie dort hin setzen. Aber Multiple-Choice ist dem Programmierer wohl unbekannt. Na klasse.

Einfacher ist es dann bei meiner Größe und dem Alter. Ins Grübeln komme ich aber dann bereits kurz darauf bei der Angabe des Gewichts.

Ihre Figur:
- ☐ *sehr schlank*
- ☐ *schlank*

☐ *normal*
☐ *ein paar Kilos zu viel*
☐ *sehr viele Kilos zu viel*

Ehrlichkeit kontra Eitelkeit. Ich schwanke zwischen normal, ein paar Kilos zu viel und ganz viele Kilos zu viel, doch wer bestimmt denn eigentlich, was ein paar Kilos zu viel sind? Also Kreuz bei »normal«.

»Neee komm, so wird das nichts, sei ehrlich.« Also widerwillig mein Kreuz bei »ein paar Kilos zu viel«.

Suuuuuuper!!! 50plus und dick, da kann ich mich ja gleich wieder abmelden. Also das Kreuz wieder bei »normal«, bis ich ein Date habe, sind die Kilos sicher weg.

Habe jetzt eigentlich als Antwort vermutet: »Sie sind sich ihrer Sache nicht sicher, überlegen Sie in Ruhe und melden Sie sich dann wieder neu an«. Aber es geht weiter.

Meine Haare:
☐ *keine*
☐ *rot*
☐ *weiß*
☐ *blond*
☐ *schwarz*
☐ *braun*

Hmm, eigentlich eher schwarzbraun, aber egal, passt schon, gibt eh kein Mehrfach-Auswahlverfahren.

Mein eigentliches Aussehen: braun-schwarze, schulterlange Löwenmähne, braun-gelb-grün-gesprenkelte Katzenaugen, weibliche Figur, sportlicher Typ, gepflegtes jüngeres Aussehen (zumindest würde ich gerne so aussehen). Mein Profiltext dank fehlendem Multiple-Choice lautet jedoch: Braune Haare, grüne Augen, dick. NA BRAVO!!!

Aber da muss ich jetzt wohl durch, also speichern und weiter zur nächsten Hürde, dem eigenen Profiltext.
Ohne Antwortmöglichkeiten, hier muss ich noch selber ein paar Zeilen schreiben.

Suche Mann
Logisch, sonst wäre ich nicht hier, obwohl, dann könnte ich ja das Kreuz oben bei »Mann« rausnehmen und bei »feste Beziehung« einsetzen.

Suche dich für den Rest meines Lebens
Geht besser, komm streng' dich an Lady.

Ich bin treu, zuverlässig, humorvoll und möchte mich hier gerne mit interessanten Menschen unterhalten.
Super, der Text ist hier mit Sicherheit zigmal vorhanden und ist wahnsinnig originell.

Mein Text muss auffallen, sonst werde ich übersehen, habe es ja eh schon aufgrund meines Alters nicht so leicht hier. Ich habe eine akute Schreibblockade und werde den Profiltext daher später fertig stellen. Also speichere ich das Profil ohne Text bzw. ich wollte es.

»Der Profiltext ist zu kurz, bitte wählen Sie einen längeren Text.«
Ich versuche das Programm auszutricksen und gebe drei Punkte ein und speichere.

»Ihr Profiltext wird geprüft und wird mor-
gen für alle Nutzer sichtbar sein.«

Na wer sagt's denn.

»Bitte beantworten Sie noch die folgenden
147.000 Fragen, damit andere Nutzer Sie
kennen lernen können.«

Wo leben Sie, wie und warum ...
Freie Textwahl.

Familienstand:
☐ *ledig*
☐ *getrennt lebend*
☐ *geschieden*
☐ *verwitwet*
☐ *verheiratet*
☐ *verunsichert*
☐ *verzweifelt*

Hmm, ich kann mich nur schwer entscheiden.

Sind Sie eifersüchtig?
☐ *wenn ja, wann und warum ...*
☐ *wenn nein, warum nicht ...*

Sind Sie treu?
☐ *immer*
☐ *meistens*
☐ *selten*
☐ *nie*

Sind Sie romantisch?

- ☐ *äußerst romantisch*
- ☐ *romantisch*
- ☐ *absolut nicht romantisch*
- ☐ *Was ist Romantik?*
- ☐ *Bleib' mir weg damit*

Sind Sie tierlieb?

- ☐ *ja*
- ☐ *nein*
- ☐ *Kommt auf das Tier an*
- ☐ *Auf dem Teller sind sie mir lieber*

Glauben Sie an die Liebe auf den ersten Blick?

- ☐ *ja*
- ☐ *nein*
- ☐ *Zum Glauben gehe ich in die Kirche*
- ☐ *Ohne Brille sag ich nix*

Lachen Sie gerne?

- ☐ *ja*
- ☐ *nein*
- ☐ *nur im Keller*

Welches Sternzeichen haben Sie?

- ☐ *Wassermann*
- ☐ *Fische*
- ☐ *Widder*
- ☐ *Stier*
- ☐ *Zwillinge*
- ☐ *Krebs*
- ☐ *Löwe*

- [ ] Jungfrau
- [ ] Waage
- [ ] Skorpion
- [ ] Schütze
- [ ] Steinbock

Glauben Sie an Astrologie?

- [ ] ja
- [ ] nein
- [ ] Auf gar keinen Fall, aber zu mir passt nur ein ...
- [ ] Wassermann
- [ ] Fisch
- [ ] Widder
- [ ] Stier
- [ ] Zwilling
- [ ] Krebs
- [ ] Löwe
- [ ] Jungfrau
- [ ] Waage
- [ ] Skorpion
- [ ] Schütze
- [ ] Steinbock

»Sie können mehrere Antworten ankreuzen.«
Danke ;-)

Ihr Fitnesslevel:

- [ ] topfit
- [ ] gut in Form
- [ ] durchschnittlich
- [ ] Sport ist Mord
- [ ] passiver Sportler

Welche 75 Dinge sind für Sie am wichtigsten?

Wie wichtig ist Sex für Sie?
Jetzt ist aber mal langsam gut hier.

Ich sehe mir die Auswahlantworten erst gar nicht an und am liebsten möchte ich für heute aufhören. Geht aber nicht so einfach:

»Wenn Sie jetzt das Programm schließen, so sind alle ihre bisher gemachten Einträge gelöscht. Bitte füllen Sie die restlichen Felder auch noch aus.«

Klar, fehlen ja nur noch mein Geburtsgewicht, der Name meiner Großmutter und meine Zeugnisnote im Fach Klatschen und Singen.

Es geht also weiter mit Angaben ...
zu meiner **Schulbildung**
zu meiner **beruflichen Tätigkeit**
zu meinem **Einkommen**
zu meiner **Religion**
meiner **Abstammung** und zu den **Sprachen**, die ich spreche, wobei ich jedoch nicht alles wahrheitsgemäß ausfülle.

Lesen Sie gerne?
☐ ja Bücher
☐ ja Werbeprospekte
☐ nein

Gehen Sie am Wochenende ...

☐ *eher feiern*

☐ *sitzen Sie lieber gemütlich auf dem Sofa*

Also habe ich hier die Wahl zwischen »betrunken nach Hause kommen« und »auf dem Sofa einschlafen«

Ihr Rauchverhalten:

☐ Raucher

☐ Gelegenheitsraucher

☐ Nichtraucher

☐ Zigarre

☐ Zigarette

☐ Andere

Hier sind sogar mehrere Antworten möglich

Ihr Trinkverhalten:

☐ trinke überhaupt keinen Alkohol

☐ trinke nur in Gesellschaft

☐ trinke immer in Gesellschaft

☐ trinke immer ... skol

Haben Sie ein Lieblingsurlaubsziel?
Freie Textwahl.

Haben Sie ein Lieblingsbuch?
Freie Textwahl.

Haben Sie Ziele?
Freie Textwahl.

Haben Sie Tattoos?

☐ wenn ja, wo und wie viele
☐ wenn nein, warum nicht

Haben Sie Piercings?

☐ wenn ja, wo und wie viele
☐ wenn nein, warum nicht

Welche Art von Urlaub bevorzugen Sie?

☐ Abenteuerurlaub
☐ Kultururlaub
☐ Party und mehr
☐ Strandurlaub
☐ egal, Hauptsache weg

Wie gehen Sie mit Geld um?

☐ gar nicht, habe kein Geld
☐ gebe es mit vollen Händen aus
☐ spare jeden Cent
☐ ich bin für den Tauschhandel

Können Sie kochen?

☐ ja
☐ nein
☐ wofür? Gibt doch Pommesbuden
☐ ja vor Wut

Siehe an, schon wieder Mehrfachantworten möglich

Geniale Auswahlmöglichkeiten. Fehlt nur noch, dass ich für jede gegebene Antwort Punkte bekomme, natürlich für mich nicht sichtbar, und mein Ergebnis nach zwei falsch oder gedankenlos gesetzten Kreuzen lautet:

»Es tut uns leid, aber mit Ihrer Einstellung und Ihren Interessen sind Sie leider in unserer Singlebörse nicht vermittelbar. Sie werden hier keinen geeigneten Partner finden, bitte versuchen Sie ihr Glück woanders.«

Aber es geht weiter:

☐ *Fahren Sie lieber mit dem Auto in den Urlaub*

☐ *Oder bevorzugen Sie das Fliegen*

Haben Sie ein Lieblingsgericht?
Meine Antwort dank freier Textwahl:
Oberlandesgericht

Haben Sie Haustiere?
Ja, Grippeviren

Wenn ich Langeweile habe, dann ...
... dann fülle ich Profiltexte aus.

Jetzt werde ich übermütig, macht aber auch viel mehr Spaß. Ich bin fast durch, nur noch meine Hobbys angeben und ein Foto hochladen.

Bitte geben Sie Ihre Hobbys ein:
Hier gibt es natürlich kein Auswahlverfahren, wäre ja auch zu einfach.

Lesen, Garten, Spazierengehen.

Man, klingt das langweilig. Ich muss mich abheben, sonst melden sich nur 56-Jährige Frührentner, die Schlager hören, Bierdeckel sammeln, gerne puzzeln, spazieren gehen, lesen, im Garten arbeiten und täglich eine halbe Stunde mit Wellensittich Hansi & Co reden und genauso gut bei »Schwiegertochter gesucht« die Hauptrolle spielen können. Die Rentner, nicht die Hansis, wohlgemerkt.

Also neu:
Literatur, naturnahes Gestalten und kreatives Bewegen in frischer Luft.

Klingt jetzt nicht ganz so nach einer Langweilerin … aber auch nicht wirklich nach einer Abenteuerin. Wenn ich doch nur ein halbwegs interessantes Hobby angeben könnte, so etwas wie Wildwasser-Rafting, Krokodilfang am Amazonas, Wellenreiten in Neuseeland oder wenn ich wenigstens mal beim »Iron Man« auf Hawaii mitgelaufen wäre. Morgen ergänze ich mein Profil, mir wird schon etwas Passendes einfallen.

Ich bin fast durch, nur noch ein Foto von mir hochladen. Finde auf die Schnelle kein geeignetes und gelange doch tatsächlich zu den Einstellungen, auch ohne Foto. Mittlerweile ist es 00:30 Uhr und mir fallen die Augen zu.

Möchten Sie per Mail informiert werden?
☐ *wenn jemand Ihr Profil besucht?*
☐ *wenn Sie eine neue Mail bekommen haben?*
☐ *wenn einer Ihrer Favoriten sein Profil geändert hat*
☐ *wenn sich neue Mitglieder, die zu Ihrer*

Suche passen, angemeldet haben?

Welche Suche? Welche Favoriten? Kümmere mich später drum, will jetzt nur noch ins Bett.

☐ *wenn Mitglieder Ihr Profil bewertet haben?*

☐ *wenn sich Ihr monatlicher Mitgliedsbeitrag erhöht?*

Ich mache völlig übermüdet an jede Option ein Kreuz und hätte fast schon auf weiter geklickt, als mein Blick auf dem Wort **Mitgliedsbeitrag** hängen bleibt.

Das kostet hier etwas? Ich kann hier also nur Männer kennen lernen, wenn ich mich für 9,99 Euro pro Monat bei einer Laufzeit von einem Jahr anmelde? Na klasse, zahlen wollte ich nicht. Frau sollte eben auch das Kleingedruckte lesen.

Lady, Lady, du hast es echt drauf. Nicht ein einziges Mal gemailt, nicht einmal gechattet, stundenlang dein Profil ausgefüllt und wofür?

Wo ist der Link zum Löschen meines Profils?

Zum Glück habe ich nicht immer konsequent meine echten Daten eingegeben, so bin ich dann noch mal gut davon gekommen.

Ich putze mir den Schweiß von der Stirn, fahre den Rechner runter und bekomme die letzte Mitteilung des Chatbetreibers nicht mehr mit:

»Sie füllen stundenlang ihr Profil aus und melden sich dann wieder ab? Wissen Sie eigentlich, was Sie wollen?«

Kapitel 2

Samstag 20:00 Uhr

Das Thema Kontaktbörse lässt mich auch heute nicht los, also suche ich dieses Mal nach dem Suchbegriff »Gratis-Single-Chat«.

Bingo: www.hier-findest-du-deine-große-liebe.de

Die Anmeldung geht ruckzuck, ich bin ja jetzt Profi und übernehme außerdem meine Angaben von gestern.

Der Benutzername:
Die »alte Frau« ist auch hier noch nicht vergeben, was mich allerdings sehr wundert.

Das Passwort:

Der **Bestätigungslink**, die zweite **Mailadresse** habe ich ja noch.

Mein **Aussehen**
Über so unwichtige Details wie »normal« oder »ein paar Kilo zu viel« mache ich mir jetzt keine Gedanken mehr. Bin ja lernfähig.

Der **Profiltext**
Ich nehme der Einfachheit halber den Text, den ich gestern verworfen habe.

Ich bin treu, zuverlässig, humorvoll und möchte mich hier gerne mit interessanten Menschen unterhalten

... und drin ist er. Ist so nicht ganz richtig, muss heißen »drin wäre er«, denn er läuft wohl erst durch einen Filter und wird geprüft. Oder sollte am anderen Ende wirklich jemand sitzen und sich alle Profiltexte durchlesen?

»**Meine Hobbys**« heißt hier jetzt »**Interessen**« und ich muss Schlagworte eingeben, so kann ich anhand gleicher Interessen gefunden werden.

Augen-Blicke • Ausspannen • Ausschlafen • Augen • Achtsamkeit • Astrologie • Arm in Arm spazieren gehen • Ausstrahlung • Autogenes Training • Acrylmalerei • Blickkontakt • Berge • Berührungen • Baden • Blumen • Bücher • Blumen • Charakter • Cappuccino • Diskussionen • Das Knistern in der Luft • Das Leben • Dialoge • Dekorieren • Daily Soaps • Düfte • Einfühlungsvermögen • Emotionen • Ehrlichkeit • Essen bei Kerzenschein• Ein Glas Wein am Kamin• Eigene Gedanken • Esoterik • Eloquenz • Flirten • Fantasie • Flüstern • Fotografieren • Fühlen • Frauenzeitschrif-

ten • *Freunde* • *Freizeit* • *Flohmarkt* •
Gewitter • *Geborgenheit* • *Gepflegtheit* •
Gefühle zeigen • *Gerechtigkeit* • *Gemeinsames Kochen* • *Gemeinsamkeit* • *Grüntöne im Frühjahr* • *Gänsehaut* • *Genuss* • *Geborgenheit* • *Geheimnisse* • *Gute Laune* •
Gespräche • *Gefühl* • *Gegen den Strom schwimmen* • *Grillen* • *Gedankenaustausch* •
Handtaschen • *Harmonie* • *Hände* • *Humor* •
Haut • *Hoffnung* • *Hörspiele* • *Intensive Gespräche* • *Intensität* • *Interessante Menschen* • *Intuition* • *Kerzenschein* •
Küssen • *Kaminfeuer* • *Körpersprache* •
Kreativität • *Kunst* • *Klare Aussagen* •
Kommunikation • *Kochen* • *Kuscheln* • *Leidenschaft* • *Lange Telefonate* • *Lachen* •
Lesen • *Lebenserfahrung* • *Laue Sommerabende* • *Meer* • *Musik* • *Massagen* • *Menschlichkeit* • *Menschen mit Ausstrahlung* •
Menschen, die nicht jammern • *Mode* • *Mallorca* • *Modezeitschriften* • *Nachts spazieren gehen* • *Neues entdecken* • *Norwegen* •
Natur • *Neue Wege* • *Nähe* • *Neue Wege* •
Niveau • *Neugier* • *Nail-Art* • *Offene Gespräche* • *Offenheit* • *Oldies* • *Parfüm* •
Positive Lebenseinstellungen • *Psychologie* • *Persönlichkeit* • *Rosen* • *Romantik* •
Rotwein • *Respekt* • *Regenbogen* • *Ruhe genießen* • *Raschelndes Herbstlaub* • *Radfahren* • *Renovieren* • *Sinnlichkeit* •
Sommerregen • *Sympathie* • *Sonne* • *Son-*

nenaufgänge • Sonnenblumen • Sonnenunter-
gänge • Spiritualität • Sternenhimmel •
Schwarzer Humor • Spontanität • Seelen-
verwandtschaft • Sich fallen lassen •
Stille • Sternenklare Nächte • Schmet-
terlinge im Bauch • Stimmen • Spaziergän-
ge Hand in Hand • Skandinavien • Sport •
Sekt • Sternschnuppen • Strand • Sommer •
Shoppen • Schnee • Schokolade • Schafe
im Wolfspelz • Styling • Schuhe • Tarot•
Telepathie • Toleranz • Träume • Tee •
Treue • Tiere • Temperament • Umarmungen •
Ü-30-Partys • Ü-40-Partys • Ü-50-Partys •
Vertrauen • Vertrautheit • Vielfältig-
keit • Wälder • Waldspaziergänge • Warme
Sommernächte • Wasserfälle • Weisheit •
Wellen • Wiesen • Wortwitz • Wortspiele •
Wertvorstellungen • Wärme • Wunder • Wind •
Zärtlichkeiten • Zuhören • Zweisamkeit

Oh man bin ich vielseitig interessiert, wusste ich bis gerade ja noch gar nicht.

Ich streiche aber besser mal:
Daily Soaps, Ü-30-Partys, Ü-40-Partys, Ü-50-Partys,
Nail-Art, Shoppen, Styling, Mallorca, Frauenzeitschrif-
ten, Modezeitschriften, Handtaschen und Schuhe. Ich
möchte ja einen guten Eindruck hinterlassen.

Ich mag nicht:
Fehlendes Selbstbewusstsein • Volksmusik • Machos •
Rote Ampeln • Geiz • Ungepflegtheit • Egozentriker •

Computerviren • Ausländerfeindlichkeit • Langeweile •
Schlange stehen • Dummheit • Ungerechtigkeit • Lügen •
Intrigen • Schlechtes Benehmen • Rücksichtslosigkeit •
»…das haben wir schon immer so gemacht« • Unordnung

Einstellungen

Habe keinen Hinweis auf kostenpflichtige Mitgliedschaft
gefunden, gut, dann schnell noch überall die Kreuze hin,
kann ja nicht schaden informiert zu sein.

Das Partnerprofil

Schade, keine Fragen mehr an mich, jetzt war ich gerade
so gut drin. Die nächsten Fragen gelten meinem poten-
tiellen Partner.

Welchen Familienstand sollte Ihr Partner haben:

☐ `ledig`
☐ `getrennt lebend`
☐ `geschieden`
☐ `verwitwet`
☐ `verheiratet`

Da sollte ich schon ehrlich sein und seriös, kommt glaube ich besser an. Trotzdem teste ich ganz vorwitzig die
Fähigkeiten des Programmierers und kreuze gleichzeitig
ledig und verheiratet an.

Ha, geht, damit hat er nicht gerechnet. Ich freue mich
diebisch, nehme aber das Kreuz bei verheiratet natürlich
wieder raus.

Es folgen, wie auch bei mir, weitere Fragen zum Thema
Schulbildung

Berufliche Tätigkeit
Einkommen
und **Religionszugehörigkeit**

Herrgott noch mal, es soll knistern zwischen uns und er soll mich auf Händen tragen, zu wem auch immer er betet. Hey alte Frau, warum bist du denn so gereizt?

Sollte Ihr Partner
☐ *Humor*
☐ *Geld*
oder
☐ *Ausstrahlung haben?*

Leider keine freie Textwahl, aber auch kein Multiple-Choice, also setze ich mein Kreuz bei »Ausstrahlung«.

Eigentlich müsste ich natürlich »Geld« ankreuzen, denn damit lässt sich jedes Aussehen zum Positiven verändern, aber ohne weitere Erklärung könnte ich mir dadurch Minuspunkte einhandeln.

Wie wichtig ist das Aussehen Ihres Partners?
☐ *sehr*
☐ *kaum*
☐ *völlig unwichtig*

Hatte ich doch gerade schon beantwortet, aber egal. Ist mir natürlich völlig unwichtig, er kann ruhig aussehen wie Quasimodo, Hauptsache er bringt mich zum Lachen.

Haha, meine Güte, wer hat sich bloß diese Fragen, oder schlimmer noch, die Antwortmöglichkeiten ausgedacht?

Sein Fitnesslevel:
☐ topfit
☐ gut in Form
☐ durchschnittlich
☐ Couchpotato

Rauchverhalten Ihres Partners:
☐ Raucher
☐ Gelegenheitsraucher
☐ Nichtraucher
☐ Zigarre
☐ Zigarette
☐ Andere

Bei freier Textwahl. Wie auch bei den Fragen an mich, sind hier mehrere Antworten möglich.

Trinkverhalten Ihres Partners
☐ trinkt überhaupt keinen Alkohol
☐ trinkt nur in Gesellschaft
☐ trinkt immer in Gesellschaft
☐ egal

Darf Ihr Partner Tattoos oder Piercings haben?
☐ wenn ja, wo und wie viele ...
☐ nein

Es folgen etliche Fragen über den Charakter, Tierliebe, zur Romantik, über seine Hobbys.

Habe aber jetzt keine Lust mehr und kreuze überall unwichtig an. Mit 50plus kann ich eh nicht mehr wählerisch sein.

Mein Foto
Bitte laden Sie ein Profilfoto hoch.

Okay, dann suche jetzt eben nach einem geeigneten Foto, habe mir aber vorher ein Glas Wein verdient.

Nachdem ich meinen bisherigen Erfolg in punkto Erstellung eines Profils bereits mit dem Glas Wein gefeiert habe, gehe ich erneut in die Küche, um mir ein zweites Glas einzuschenken und nehme die Flasche vorsichtshalber gleich mal mit.

Nach drei Gläsern Wein habe ich immer noch kein passendes Bild gefunden.

Ich muss ja alleine darauf zu sehen sein, es sollte aktuell sein und meine Figur zeigen, wobei dabei dann auch die Kiloangabe in den ersten Eingabefeldern entfallen kann, sieht ja dann jeder, wie ich aussehe. So einfach erledigen sich einige Dinge.

Beim vierten Glas angelangt nehme ich das nächst beste Foto und lade es hoch, kommt doch gar nicht darauf an. Speichern und fertig und das in weniger als einer halben Stunde.

Jetzt da es reibungslos klappt, sollte ich vielleicht versuchen ein wenig Geld dazu zu verdienen und »Profil-Ghost-Writer« zu werden. Ich werde morgen mal drüber nachdenken, jetzt habe ich mir erst einmal den Rest Wein auch noch verdient.

Kapitel 3

Sonntag 03:30 Uhr

Ich schrecke aus dem Schlaf hoch und mir fällt mit Schrecken ein, dass ich ein Foto hochgeladen habe. Aber WELCHES nur???

Ich springe raus aus dem Bett, falle fast über meine Pantoffeln, ja ich bin in dieser Beziehung altmodisch und trage noch Hausschuhe, und fahre den Rechner hoch.

»Nun komm schon, das geht auch schneller…«

Scheinbar nicht. Ich logge mich ein und sehe mein Foto. An sich ganz okay, alleine, aktuell, aber mit einem dicken Pickel auf der Stirn. Raus damit, schnell raus damit und das Löschen geht wirklich schnell.

»Bitte geben Sie innerhalb der nächsten drei Tage ein neues Profilfoto ein, sonst wird Ihr Profil gelöscht.«

Bis dahin habe ich noch genug Zeit, jetzt gehe ich erst einmal wieder ins Bett.

Kapitel 4

Sonntagabend

Ich google nach einem kostenlosen Download eines Fotobearbeitungsprogramms, finde auch eines, ist zwar auf Englisch, aber kostet halt nix.

Ich weiß zwar nach dem Downloaden nicht immer so wirklich, wo ich meine Kreuze hinsetze, dafür reicht mein Schulenglisch dann doch nicht mehr, aber wird schon richtig sein.

Meine Suche nach dem Programmpunkt »Pickel überdecken« war erfolglos, ich sollte es vielleicht mal auf Englisch eingeben. Was heißt denn noch mal Pickel auf Englisch? Fällt mir nicht mehr ein, gibt aber doch das Netz, da steht ja alles drin. »hide spot«, na bestens, damit finde ich jetzt auch die gesuchte Funktion im Fotoprogramm. Sieht schon besser aus.

Aber es gibt ja noch viel mehr Optionen:

- [ ] *Möchten Sie Ihre Krähenfüße entfernen?*
- [ ] *Möchten Sie Ihre Schlupflider beseitigen?*
- [ ] *Möchten Sie vollere Lippen haben?*
- [ ] *Möchten Sie Ihre Figur retuschieren?*
- [ ] *Ihre Mundwinkel nach oben ziehen?*
- [ ] *Wollen Sie die Augenfarbe ändern?*

oder die

☐ Augenform

oder die

☐ Zahnfarbe?

Überprüft das Programm mein Foto oder warum passen die Fragen so exakt?

Egal. Stundenlang probiere ich sämtliche Programmpunkte an meinem Foto aus - mit dem Ergebnis, dass mich ein 35-jähriges Model anstrahlt. Aber ich kenne diese Person nicht. Wer ist das?

Also lade ich das Ursprungsfoto wieder hoch, lasse allerdings den Pickel retuschiert und gehe erst einmal ins Bett.

Kapitel 5

Montagmorgen 05:00 Uhr

Erneut werde ich wach und sitze senkrecht in Bett. Vor meinem geistigen Auge sehe ich das Horrorszenario: Der Vater einer Schulfreundin meiner Tochter sitzt am PC und schaut sich mein Foto und meinen Text an, er natürlich ohne Foto und mit nur wenig aussagekräftigem Text.

Das Bild muss wieder raus, schießt es mir durch den Kopf, denn peinlich ist das, was eigene Eltern tun ja sowieso, aber ein Foto in einer Kontaktbörse … undenkbar, oberpeinlich. Das arme Kind, das wird das Erste sein, was sie heute in der Schule hören wird.

Ich versuche mich einzuloggen.

»*Das Passwort ist falsch, bitte versuchen Sie es erneut.*«

und noch mal …

»*Das Passwort ist falsch, bitte versuchen Sie es erneut.*«

Gibt's doch nicht. DOCH GIBT ES!

»Das Passwort ist falsch, bitte fordern Sie ein neues Passwort an.«

Schweißgebadet suche ich eine Möglichkeit an ein neues »PW« zu kommen.

Die Zeit drängt, endlich finde ich den Link, bekomme eine Mail mit dem neuen Passwort zugeschickt, logge mich ein und lösche das Foto.

»Bitte geben Sie innerhalb der nächsten drei Tage ein neues Profilfoto ein, sonst wird Ihr Profil gelöscht.«

Geschafft! Was für ein Wochenbeginn.

Kapitel 6

Mittwoch

Mein Blick fällt auf den Kalender: »Neues Foto einstellen« steht dort ganz dick und fett für heute. Aber welches Foto nehme ich?

Auf keinen Fall ein Foto, auf dem ich klar zu erkennen bin. Aber ich könnte ja vielleicht einen Balken über meine Augen ziehen. Ich halte Zwiesprache mit meinem zweiten Ich:

Hey Lady, das ist doch jetzt wohl nicht dein Ernst oder? Okay, ich verwerfe den Gedanken wieder.

Ich hätte da noch ein Foto, das wurde aufgenommen, als ich hier beim Basketballspiel war. Wenn man weiß, wer ich bin, dann erkennt man mich in der Menge. Ja ist ja schon gut, ist auch keine Alternative.

Wie wäre es mit dem Foto? »this person is too sexy to be shown?« War ja nur ein Versuch.

Lady, ja genau, das ist es, ich stelle ein Foto einer richtigen Lady ein. Sicher, tu das, und die Männer, mit denen du dich triffst erkennen dich nicht wieder. Ja Mensch, dann mach du doch mal einen Vorschlag.

Stell eine strahlende Sonne ein.

Ist jetzt nicht dein Ernst oder? Doch? Okay, bevor ich noch länger überlege, suche ich in meinen Dateien nach einer Sonne. Ich kann ja immer noch mal ein anderes Foto einstellen.

Ich logge mich also ein und übersehe dabei alle an mich gerichteten Mails und Einladungen.

Ich sehe mir auch kein anderes Profil an, sondern stelle den Himmelskörper ein. Ab jetzt ersetzt er also mein Portraitfoto. Nun gut.

Im gleichen Zuge erstelle ich mir auch noch schnell einen neuen Profiltext:

Ich suche einen Partner, der mich so nimmt, wie ich bin, der nicht an mir herumfeilen möchte. Wenn du mich kennen lernen möchtest, dann schreibe mich doch einfach an mich. Vielleicht stimmt ja die Chemie. Ich freue mich auf dich.

Klingt wie früher die Kontaktanzeigen in der Zeitung und wie kann ich mich auf jemanden freuen, den ich nicht kenne? Egal, Hauptsache ich werde jetzt endlich mal fertig.

Kapitel 7

1 Woche später ...
Freitagabend 20:00 Uhr

Bewaffnet mit einer Schale Gummibärchen und einem Glas Wein melde ich mich an. Ich bin nervös. Mein Herz klopft. Was erwartet mich hier?

»Ihr Profil wurde 78 x besucht, Sie haben 46 neue Mails, 13 Chateinladungen und Sie wurden 21 x geknuddelt, Ihnen wurden 43 Grüße und 12 Herzen geschickt.«

Das wusste ich zwar schon alles durch meine Mailbenachrichtigungen, aber nun sah ich direkt vor mir WER mir geschrieben hat. Auf das Knuddeln kann ich jedoch verzichten, ich bin 50 und keine 20.

Ich nehme mir vor, zuerst einmal die Mails an mich anzusehen, komme aber nicht wirklich dazu, denn ich werde ständig unterbrochen. Ich werde als online und Neues Mitglied angezeigt, und zig User, die ebenfalls gerade jetzt online sind, klicken mich an.

Ständig gehen in der Taskleiste mit einem »Pling« neue Fenster auf und ich höre nur noch »pling, pling, pling«

Knuddelbär53: Hi ladi <L>
Micky Maus1956: na du
Maddin: vergiß die Sorgen, denke nicht an Morgen
Herzilein52: boa ey dain Provill lihst sich aba guht *s*

Ob er wohl hofft, dass seine Rechtschreibfehler ein Lösungswort ergeben, das ihn reich macht?

DomBo: Suche devote Partnerin
Suche-dich01 bis Suche-dich09: Was suchst du?

Denen fiel auch kein gescheiter Name ein

dev-sklave: Willst du meine Herrin sein?
Marcel_online: Ich stehe auf ältere Frauen, Lust mich zu treffen?
Schmusekater: auch hier oldlady?
DerTiger51: wills mit mir in chat?

Ohweia, welche genialen Unterhaltungsfetzen, das kann ja heiter werden.

pling, pling, pling, pling

LoverXXL: Willst mich kennenkernen? Dann ran an die Tasten
Manni1959: auch alleine?<gg>
Freddie: Bin gut drauf … bist du gut drunter? *g*

Oktober61: *schick man richtigett fotto*
trucker_bonn: *lust zu mäln?*

Mit Sicherheit nicht, was immer das auch sein mag.

devot-er64: *ich stehe auf große Frauen*

Was bedeuten bloß die Buchstaben mit Sternchen?
Muss ich mal bei Gelegenheit versuchen heraus zu finden.

Mein Kopf dröhnt bereits und ich suche nach einer Möglichkeit den Ton abzuschalten, ohne meine Lautsprecher ausschalten zu müssen, denn ich würde schon gerne meine Hintergrundmusik weiter hören.

Meine Taskleiste ist bereits dreizeilig und das, obwohl mein Profiltext noch nicht sehr aussagekräftig ist … oder vielleicht auch gerade deswegen. Später muss ich unbedingt mal einen längeren Text einsetzen.

Ich sehe mir die Mails an mich gar nicht mehr an, obwohl ich schon sehr neugierig bin, aber ich logge mich völlig genervt und auch überfordert wieder aus.

Wenn mein Traummann mir jetzt eine Mail geschrieben hat, dann ist sie wohl weg, aber ich kann es jetzt nicht mehr ändern und irgendwie bin ich eh nicht mehr so euphorisch wie noch vor einer Woche.

Kapitel 8

Kurz darauf

Bin zwar nicht mehr so euphorisch, aber immer noch neugierig, also logge ich mich wieder ein und siehe da, die Mails sind alle noch vorhanden.

Ich sehe mal eben nach, ob mein neuer Profiltext schon online ist. Ja, ist er:

Ich suche einen Partner, der mich so nimmt, wie ich bin, der nicht an mir herumfeilen möchte. Wenn du mich kennen lernen möchtest, dann schreibe mich doch einfach an … vielleicht stimmt ja die Chemie. Ich freue mich auf dich.

Bevor ich mir die Mails ansehen kann, werde ich wieder zugetextet.

Pling: *Lust auf einen verheirateten Mann?*
Pling: *Bin verheiratet und möchte gerne fremde Haut spüren*
Pling: *Meine Ehe ist langweilig, bringst du mich auf andere Gedanken?*

Sind denn hier nur Fremdgänger unterwegs?

Das sind also meine ersten Erfahrungen auf einer Single-börse? Gestern überlebende Hirnspender, heute Männer, die Seitensprünge suchen. Nicht gerade aufbauend.

Die Mails, die bei mir im Postfach gelandet sind, lese ich mir jetzt ich nach und nach durch - okay ich gebe zu, bei manchen Mails komme ich über den ersten Satz nicht hinweg - und sehe mir dazu die passenden Profile an oder auch nicht.

Werde wie immer unterbrochen durch User, die online sind und mich direkt anschreiben.

Pling: Klar … nehme ich … dich … ho ho
Pling: Lust auf einen erotischen Chat?

Den Ton stelle ich ab und die immer mehr werdenden neu aufgehenden Fenster versuche ich möglichst zu ignorieren. Ich schreibe meinen Text etwas um:

Ich suche eine längerfristige Beziehung, in der mich mein Partner so nimmt, wie ich bin und nicht an mir herumfeilen möchte. Wenn du mich kennen lernen möch-test, dann schreibe mich doch einfach an … vielleicht stimmt ja die Chemie. Ich freue mich auf dich.

Pling: chemie ist unwichtig rest muss passen
Pling: Du hast auch allen Grund dich auf mich zu freuen
… mit einem gelben lachenden Gesicht dahinter.

Wie er das wohl mit dem Gesicht gemacht hat?

Pling: `Bringe meine feile selber mit *grins*`

Habe ich das nötig? Muss ich mir das wirklich antun?

Pling: `Lust auf TS?`

Was ist »TS«? Gut, dass es Suchmaschinen gibt.

TS = Teleskopie Serviceportal für die Amateurastronomie
TS = Mit der kostenlosen TeamSpeak-Software kommunizieren Sie während Online-Spielen mit Ihren Mitspielern per Headset.
TS = Transsexuelle
TS = Telefonsex
TS = Telefonseelsorge

Hmmm, was meint er wohl? Ich tippe auf das Onlinespiel und antworte ihm, dass ich kein Headset besitze.

Er reagiert prompt: `CS macht auch Spaß`

Und wieder mal muss Google bemühen:
CS = Counter-Strike ein Computerspiel
CS = Credit Suisse
CS = Cybersex
CS = Computerservice
CS = Kampfgas, auch unter Pfefferspray bekannt
CS = Christlicher Sängerbund

Er meint sicher Counter-Strike das Computerspiel und jetzt fällt mir auch wieder ein, was es ist, denn darüber hatte ich mal eine Reportage gesehen. Man zieht sich dazu einen Raumfahreranzug an und wird dann verkabelt. Die beiden User spielen gegeneinander und die Nerven geben dann Impulse ab. Ist fast wie life.

»Habe leider auch keinen Anzug« schrieb ich zurück, seine Antwort blieb allerdings aus.

Pling: lust auf cs?
*Pling: na du **** (zensiert) willst du mal sehen wie mein **** (zensiert) und ich **** (zensiert)*

So langsam kommt mir der Verdacht, dass TS und CS doch keine Onlinespiele sind und ich ändere meinen Text erneut:

Ich suche eine längerfristige Beziehung, in der mich mein Partner so annimmt, wie ich bin und mich nicht ändern möchte. Wenn du mich kennen lernen möchtest und Niveau hast, nicht auf einen Seitensprung oder eine Affäre aus bist, dann schreibe mich doch einfach an ... vielleicht stimmt ja die Chemie.

Ist doch jetzt eigentlich ziemlich eindeutig, was ich will und was nicht oder? Scheinbar nicht, denn Männer lesen selektiv, in diesem Fall, nachdem mein Profiltext wieder online ist:

Seitensprung ... *Affäre* ... und denken:
JAAAA ANSCHREIBEN!

Genervt fahre ich den Rechner herunter.

Kapitel 9

Sonntag 20 Uhr

Ich logge mich wieder ein und habe eigentlich vor Mails zu beantworten, aber wie gehabt gehen wieder die Fenster in der Taskleiste auf … und ich schaue rein.

Pling: **Der_Doc:** *Hallo Lady wie geht es dir?*

Eigentlich könnte ich doch auch mal antworten.

Ich: *Hallo Doc, gut danke und dir?*
Der_Doc: *Hast du Lust und Zeit ein wenig mit mir zu mailen?*
Ich: *Ja gerne, welche Themen interessieren dich denn?*
Der_Doc: *ich mag Rollenspiele, du auch Lady?*
Ich: *Was für Rollenspiele meinst du?*
Der_Doc: *Krankenschwester/Arzt, Schüler/ Lehrer, Penner/Lady*
Ich: *Habe schon mal davon gehört, dass man bei Onlinespielen gleichzeitig mit vielen anderen Spielern spielen kann. Habe es aber selber noch nicht auspro-*

biert und kenne daher die einzelnen Fi-
guren nicht. Welches Onlinespiel spielst
du denn bzw. welches Spiel kannst du mir
denn empfehlen?

Der_Doc loggt sich aus

Ich: ????

*Pling: Klaus_dev: verehrte Lady möchten
Sie meine Herrin sein? Ich bin Ihr devo-
ter Sklave und diene nur Ihnen.*
*Ich: Onlinespiele scheinen im Moment ja
echt der Hit zu sein.*
Klaus_dev: ???
*Ich: Ich spiele nicht online, aber Der_
Doc sucht noch einen Mitspieler, viel-
leicht ist er ja noch online, versuche es
mal bei ihm.*
*Ich: tschüss und viel Spaß noch beim
Spielen*
Klaus_dev: ???
Klaus_dev: Lady bitte, ich meine es Ernst.
*Klaus_dev: Ich suche wirklich eine länge-
re Beziehung, die von liebender Dominanz
geprägt ist. Geben sie mir eine Chance.*
Ich: ???
*Ich: ich gehe jetzt offline, mein Telefon
schellt.*
Klaus_dev: Bye Lady

Ich schaue noch mal schnell über meinen Profiltext, finde aber Nichts, was auch nur im Ansatz auf Dominanz hinweist.

Marcus_1978: *Was haste denn so drauf? <Y>*
Leather_boy: *Hallo Lady, magst du auch Lack und Leder?*

Ab jetzt werde ich mir zuerst die Profile ansehen, bevor ich reagiere.

TV_Uwe: *Guten Abend Old_Lady*

Ich sehe mir seinen Profiltext an:

Begegnest du jemandem, der ein Gespräch wert ist, und du versäumst es, mit ihm zu reden, dann hast du einen Menschen verfehlt.
Begegnest du jemandem, der kein Gespräch wert ist, und du redest mit ihm, dann hast du deine Worte verfehlt.
Weise ist, wer stets den richtigen Menschen und die richtigen Worte findet.
(Konfuzius)

Der Text gefällt mir, könnte vielleicht ein interessanter Mailkontakt werden.

Ich: *Guten Abend Uwe*
TV_Uwe: *Mir gefällt dein Profil, magst du ein wenig mit mir mailen?*

Ich: *Ja warum nicht.*
TV_Uwe: *Schön, dass du kein Problem damit hast, dass ich ein TV bin.*

Ein TV? Er meint sicher *beim* TV.

TV_Uwe: *Die meisten Frauen wollen deswegen nichts mit mir zu tun haben.*

Verstehe ich jetzt gar nicht, 1,90 m, 93 kg, dunkelhaarig und sieht gut aus. Klingt doch gut und fehlerfrei schreiben kann er auch.

Ich: *Verstehe ich nicht. Was ist so schlimm daran, beim Fernsehen zu arbeiten, dass ich deswegen nicht mit dir chatten sollte? Ist weder ungewöhnlich, noch verboten.*
TV_Uwe: *Du weißt nicht, was ein TV ist?*

Bin mir jetzt auf einmal nicht mehr so sicher, dass es ein Tippfehler war. Vielleicht ist er ja nicht beim TV, sondern das, was er schrieb: ein TV. Nur was ist ein TV?
Dank Mister Google habe ich folgende Erklärungen gefunden:

TV = Television
TV = Transvestit
TV = Tanzverein
TV = Turnverein

Wenn ich drüber nachdenke, passt eigentlich dann nur der Transvestit … Ach du lieber Himmel. Was soll ich denn jetzt schreiben?

Ich: Klar weiß ich das, aber deswegen können wir uns doch trotzdem hier unterhalten.
TV_Uwe: Das freut mich, schlägst du ein Thema vor?

Ich bin im Moment etwas überfordert und greife wieder mal zu der Telefonnotlüge. Ich muss mir mal so langsam etwas Anderes einfallen lassen.

Ich: Sorry, aber mein Telefon schellt gerade, ciao Uwe

Immer öfter schreiben mich Männer an, die ein »dev« in ihrem Namen tragen und es dämmert mir:

devot … Lady … Herrin … Dominanz

Es liegt an meinem Benutzernamen: »Lady«, diese Namenswahl war wohl ein fataler Fehler und zum dritten Mal sehe ich mich gezwungen diesen »Nick« zu löschen und ein komplett neues Profil zu erstellen.

Ich wähle dieses Mal den Namen »luna« und er wird auch prompt akzeptiert. Die restlichen Fragen sind mir noch gut im Gedächtnis. Von daher geht die Profilerstellung recht schnell.

Die Sonne tausche ich gegen einen Sternenhimmel aus, dann passt es schon wieder und meinen Profiltext ändere ich auch noch mal ein bisschen ab.

Diese Änderung ist aber genau so zwecklos, wie die anderen Änderungen auch, soviel kann ich schon mal vorweg nehmen:

»www.hier-findest-du-deine-große-liebe.de« sollte geändert werden in »www.hier-treffen-sich-alle-fremdgänger.de«.

Ist das denn noch zu glauben? Gibt es keine ehrlichen Männer mehr, die eine echte Beziehung suchen? Ich erstelle schon wieder einen neuen Profiltext:

Da mein Profiltext sicherlich von Vielen hier nicht zu Ende gelesen wird, vorab drei Punkte:
1. Ich suche KEINE Affäre ...
2. Ich chatte und unterhalte mich gerne auf Augenhöhe, von daher bitte ich diejenigen, die sowohl der deutschen Rechtschreibung und Grammatik, als auch einem Mindestmaß an Umgangsformen nicht wirklich mächtig sind, mich mit Mails zu verschonen.
3. Ich reagiere weder auf »hi« noch auf eindeutige Angebote.
Und ja, wenn das Arroganz ist, dann bin ich gerne arrogant :-)

Und hier nun mein Profiltext für diejenigen, die sich angesprochen fühlen :-)
Ich suche eine längerfristige Beziehung, in der mich mein Partner so annimmt, wie ich bin und mich nicht ändern möchte. Wenn du mich kennen lernen möchtest und

Niveau hast, dann schreibe mich doch ein-
fach an… vielleicht stimmt ja die Chemie.
Ich freue mich auf dich.
Ich muss kein Foto sehen, um zu wis-
sen, ob sich eine Unterhaltung lohnt. Ich
brauche die Unterhaltung, um zu entschei-
den, ob ich dein Foto sehen möchte.

Es ist schon wieder spät geworden und ich logge mich aus. Zwei Wochen turne ich jetzt schon in den Single-börsen herum, habe mittlerweile den dritten Nick und nicht einmal gescheit gemailt, geschweige denn gechattet.

Ich glaube ich war doch wohl ein bisschen zu blauäugig.

Kapitel 10

Freitag, 1 Woche später

Habe mir während der Woche immer mal wieder einige Mails an mich mit den dazugehörigen Profiltexten angesehen, die Fenster in der Taskleiste absolut ignoriert und begebe mich jetzt mit hoffentlich besseren Nerven wieder an den Rechner.

Nachdem ich mich durch die restlichen Profile und meine Mails gearbeitet und heute, zugegebenermaßen mal wieder zwischendurch, auch einige Blicke in die neuen Fenster der Taskleiste geworfen habe, stelle ich Folgendes fest:

Es gibt 9 Typen von Usern bzw. Profiltexten:

Typ 1: Duden? Brauch ich nich
Der Dudenverweigerer und Rechtschreibdepp

Der Text und die Mail passen zusammen, das Foto meistens auch, aber das ist jetzt nicht im positiven Sinne gemeint. Und damit habe ich auch den Beweis:

NIEMAND liest den Profiltext vor dem Freigeben, er läuft lediglich über einen Filter. Grammatik, Zeichensetzung, Groß- und Kleinschreibung Fehlanzeige und bevor derjenige jeweils würfeln muss, ob er das »das« mit einem oder mit zwei »s« schreibt, entscheidet er sich durchgehend für ein »s«, wahlweise auch für »ss«, aber das dann ebenso konsequent.

Oft entzieht sich mir der Sinn seiner Aussage und es kommt mir vor, als hätte derjenige mitten im Satz den PC verlassen, um später genau an der Stelle, aber mit völlig anderem Sinn, weiter zu machen.

Das Foto passt wie gesagt zum Text: Aufnahme im supermodernen Ballonseiden-Trainingsanzug von Charme & Anmut, gerne mit Hund oder Enkel (alternativ mit Zigarette oder einer Flasche Bier) auf dem Sofa (Gelsenkirchener Barock), 46 Jahre, Aussehen wie 66 … der Mann UND die Möbel.

hab ein schregen humor und hab indresse indresante leute kennenzulernen meine hoppys sind brieftauben hab den mud un schreip mich an

So mutig bin ich dann nun doch nicht.

Hallo an alle die das lehsen ich bin ein Freundlicher und Zu gänglicher wassermann mann der hir nich fiehle Worte ferlieren will

Pssst, du wolle »v« kaufen?

schön das du auf mein profiel bist tust du gerne schmuhsen dann schreip mich an bin treu und sauber und allein meine kinder

sind schon gross mache jeden spass mit wo
bis du ich möch

An dieser Stelle habe ich das Profil geschlossen.

Zur Information des Lesers: Das sind meine Gedanken, natürlich habe ich nicht in dieser Weise geantwortet. Höflich und gut erzogen, wie ich bin, habe ich aber zumindest die ersten Mails so weit beantwortet, dass ich kein Interesse an einem Mailwechsel habe.

Typ 2: Fantasie? Kenn ich nicht
Der bequeme Klon

Kopiert einfache und kurze Texte, die zu Hunderten im Netz zu finden sind und ihn damit als absolut einfallslos auszeichnen: Hauptsache im Profiltext steht schon mal irgendetwas und wer »copy & paste« nicht beherrscht und tippen muss, hat dementsprechend die Fehler, die dem Typ 1 zuzuordnen sind.

Da krig isch Plaque, Mann
Ich beiße nicht, nur auf Wunsch … ;-)

So wie du aussiehst, beißt du eh nur noch mit den dritten Zähnen.

Mit mir kann man Pferde stehlen …

Und dann? Was machen wir dann mit den Pferden?

Typ 3 Selber nachdenken? Muss ich nicht
Der bequeme Klon

Kopiert Texte, die zumindest ein höheres Niveau haben. Aber was reizt an einem Mann, der ein Profil wie zig andere auch hat? Fraglich ist, ob sie auch von jedem, der sie eingesetzt hat, verstanden werden. Wenn ich mir die Mails so ansehe, die mir geschrieben wurden, kommen mir starke Zweifel.

Frauen wollen Männer wie starken schwarzen Kaffee. Doch wenn sie ihn haben, schütten sie Milch hinein damit er nicht so stark ist, geben Zucker dazu, damit er nicht so herb ist und pusten, weil er so heiß ist. Und wenn sie damit fertig sind und dann wundern sie sich über die lauwarme Brühe.

Geschieht Euch Recht, warum lasst ihr das auch mit Euch machen?

Menschen sind wie Engel mit einem Flügel doch wenn wir uns umarmen können wir fliegen

Wir leben alle unter demselben Himmel, aber wir haben nicht alle denselben Horizont

Das Leben ist wie eine Schachtel Pralinen. Man weiß nie, was man bekommt

Typ 4 Spiegel? Hab ich nich
Der Spiegelignorant

Es folgen die »flotten jung gebliebenen Mittfünfziger«, die ziemlich verlebt aussehen und für die Körperpflege schlicht aus Wasser und dreimal wöchentlichem Rasieren besteht und die Sport nur vom Zusehen kennen. Aber natürlich suchen gerade diese Männer schlanke, blonde gut aussehende Mädels bis Mitte 35. Kostet ja nix hier und ein wenig träumen darf Mann ja.

Hallo Damen
ich weiss nich was ich schreiben soll aber bin nett und hielfsbereit und 52 Jahre und mache auch alles was andere tun möchte mich net unterhalten mit Frauen bis 35 und wehr weiss vielleicht trefe ich ja hier meine Lady füs leben.

Hallo bin 53 und Versuche es Mahl auf diesen Wege eine Nette Freundin Kennenzulernen für gemeiname Unternehung, und Kaffee trinken usw und hoffe das sich mehr daraus Entwickeln kann. Du sollst schlank, Blond, gut Aussehent und nich Älter als 38 sein.

Nein danke, ich ver- … ääh meinte begnüge mich nicht mit Mittelmaß.

jung und flott geblieben sucht jung und
flott mich muss man erleben also nix wie
ran an die tasten mädels

Leben ist zeichnen ohne Radiergummi

Typ 5: Treue? Kenn ich nicht
Der öffentliche Seitenspringer

Aus dem Rennen nehme ich mich selbst von vorne herein bei den Verheirateten. Scheinbar haben sie aber Glück hier, denn diese Männer chatten fast ständig. Ebenso wie der Typ 1, er ist auch fast ständig im Chat anzutreffen, möchte gar nicht drüber nachdenken, welche Frauen da wohl reagieren.

Hier kann ich zwei verschiedene Typen finden, ja auch, vielleicht sogar vor allem, den Typ 1.
    Der eine Part sucht eine niveauvolle Zweitbeziehung, der andere Part etwas Neues fürs Bett.

Preisfrage: Was mag wohl Typ 1 suchen?

Es geht mir warscheinlich wie viele an-
dere hier, ich lebe in einer Bzihung aber
trozdem bin offt alein.

☐ Typ1?
☐ Typ2?

Ich bin 50 Jahre, verheiratet und muss es
aus bestimmten Gründen auch bleiben. Ich

suche auf diesem Weg neue Wege. Das können niveauvolle Mailfreundschaften, aber auch oder insbesondere Treffen sein, bei denen es mal wieder prickelt. Gelegentliche Untreue rettet eine langweilige Ehe. Möchte hiermit versuchen meine Ehe zu retten.

einsamer sucht einsame zum einsamen

Typ 6: Humor? Hab' ich!
Der originelle Witzbold

Er erstellt wirklich amüsante Profiltexte.

Bin beweglich, sehe aber nicht ein, mich grundlos schnell zu bewegen, wie zum Beispiel beim Joggen. Das ist ein absolutes no-go, Ausnahmen fallen mir jetzt nicht ein, bin trotzdem gut erhalten.
Habe einen großen Wortschatz, benutze aber in der Hauptsache nur die Hälfte davon, reicht aber meistens.
Meine Fingerspitzen sind empfindlich und können heiß und kalt, trocken und nass und hart und weich unterscheiden.

Mein Wissen zum Thema Haushalt beziehe ich aus dem Netz, wie zum Beispiel:
Rasierklingen lassen sich prima reinigen, indem man sie über eine Nagelbürste reibt, man muss nur früh genug vor der

eigenen Hand stoppen oder weg vom Körper reiben. Ansonsten mit 40 % weißem Schnaps behandeln. Äußerlich gegen Bakterien, innerlich gegen den Schock.

Ich glaube immer dann an mein Horoskop, wenn die Sterne für mich gut stehen.

Habe den Keller voller Werkzeug, weiß damit aber nicht umzugehen, kann mich aber statt dessen selber farblich passend anziehen. Sehr oft sogar auch in der richtigen Reihenfolge.

Schlaue Frau und schlauer Mann = Romanze
Dumme Frau und schlauer Mann = Affäre
Schlaue Frau und dummer Mann = Shopping
Dumme Frau und dummer Mann = Schwangerschaft

Typ 7: Lachen? Kann ich auch alleine
Der Clownfrühstücker und der einfältige Hanswurst

Über seine Profiltexte lacht er am liebsten selber ... und wahrscheinlich auch als einziger.

Ich hab drei Haare auf der Brust ich bin ein Bär das past gans genau zu mir bin kuschlich weich und kan auch brumm

Was ist wohl kopiert und was ist in Eigenregie entstanden?

Größe 149 cm, 97 kg, rote lange Haare, Lebenskünstler suche nix, hab auch nix verloren

Hallöchen Ladies
Bin Einsam, Direkt, Untreu, Unmoralisch, Fett, Total Langweilig, Frech, Dämlich, Lustlos, Interessiere mich für nix

Typ 8: Neue Beziehung? Ich will meine Frau zurück
Der Liebeskummer… ???

Er ist immer noch nicht über seine zerbrochene Liebe hinweg und zeigt es deutlich in seinen Texten.

Man braucht nur eine Sekunde, um einen besonderen Menschen zu bemerken, eine Stunde um ihn lieb zu gewinnen, aber ein ganzes Leben um ihn wieder zu vergessen

Ich wollte meine Liebe dem Menschen schenken, den ich liebte, doch er dachte, er hätte schon genug davon.

Der Mond fragte mich einst: »Warum verlässt du sie nicht, wenn sie dich unglücklich macht?«»Ach Mond, würdest du jemals den Himmel verlassen?«

Typ 9:
Der Unheilsprophet, der Schwarzseher und der Fake

Fasse ich jetzt mal etwas zusammen: Er ist sich entweder sicher, hier keinen adäquaten Partner zu finden, nicht einmal einen Mailpartner, versucht es aber trotzdem, oder es ist der Typ, bei denen der Benutzername schon auf den Inhalt des Profiltextes schließen lässt.

Ich denke ich muss jetzt nicht deutlicher werden. Unter diesen Punkt fällt auch noch der User, der absolut keine Angaben, kein Alter, keine Größe, keine Interessen und auch kein Foto in seinem Profil hat. Wie hat er es nur geschafft? Profil angelegt und alle Angaben wieder gelöscht? Egal, ist eh uninteressant für mich.

Nicht zu vergessen die Männer, die in ihrem Text jedes Mal stehen haben, dass sie neu hier sind und sich erst mal umsehen wollen, wohl um mehr Chancen zu haben, aber immer das selbe Bild einstellen, fällt ja kaum auf *g* und »last but not least« die Männer, die mit verschiedenen Nutzernamen gleichzeitig unterwegs sind, teilweise sogar zeitgleich, aber die Frauen für so blöd halten, dass sie nicht merken, dass Wohnort, Größe etc., einschließlich Profiltext zu 90 % identisch sind.

Ich vergaß noch einen Typ. Das sind die Männer, die ganz oben in ihrem Profil stehen haben:
»Habe hier meine Traumfrau gefunden«, die aber ständig hier anzutreffen und auch fast immer im Chat sind. Sehr glaubwürdig… ;-)

Etwas, um die Zeit ein wenig tot zu schlagen und um das Buch mit Inhalt zu füllen: Welcher Text kann wohl welchem Typ zugeordnet werden?

Ich will Wasserschlachten beim Zähneput-
zen machen, nachts auf den Spielplatz
gehen, möchte solange gekitzelt werden,
bis ich keine Luft mehr bekomme und beim
Frühstück unterm Tisch füßeln

Irgendwelche frühkindlichen Entwicklungen übersprun-
gen?

In 1.Liene suche ich.das Abendteuer.aber
wer weis schon. was zum schluss.dabei
raus kommt.oder?Ich schau mich ers ma um-
.ich weiß.dat dat ohne Foto doof is.aber
bin halt verheirattet.und gegessen wird.
tatzächlich zu hause

Was denn nun? Abenteuer oder zu Hause essen?

Carpe diem …
suche frau, wo mann die schönen Dinge, die
mann zu zweit, machen kann, auch macht.
Und da giebt, ganz viele, Dinge

Ich danke Sie für den konstruktiven Beitrag

Ich wünsche Euch Allen viel Spaß in die-
sem Single-Supermarkt, denn Euch geht es
sicherlich ähnlich wie mir.
Ich schlendere durch die Regalreihen, mal
spricht mich die Verpackung an, mal das,
was mir die Inhaltsangabe verspricht, was
mir gefällt kommt ins Körbchen. Manchmal

merke ich an der Kasse, dass mein Geld nicht reicht, dann lege ich es eben wieder zurück. Manchmal entpuppt sich das Erwählte als etwas ganz Besonderes, einen Fund, der sich fürs Leben lohnt. Manchmal ist es der kleine Snack zwischendurch, mal was Süßes, mal bleibt ein bitterer Geschmack, mal ist es Spiel, Spaß und Spannung, mal ist ein Windei dabei und der Inhalt war nie vorhanden oder ist verloren gegangen. Aber es ist immer wieder spannend. Und ich selbst stehe auch im Regal. Werde betrachtet, auserwählt oder meistens stehen gelassen, versucht, wieder rausgekramt, zurückgestellt, oder man behält mich, mal verweigere ich den Erwerb ...

Eines muss man ihm lassen, das Kopieren beherrscht er perfekt.

ich geh gern mit meine hunde spatziern

Man gewöhnt sich an allem, sogar am Dativ.

Alte Maler malten Alle,
dicke, weiche, satte, pralle
Hinterteile und auch Becken,
um des Mannes Lust zu wecken.
Heute ist das Lustsymbol:
Spindeldürre, beinahe hohl,
halb verhungert und komplett,

ohne Formen wie ein Brett.
Rubens der die Frauen malte,
nicht nur weil man ihn dafür bezahlte,
malte gerne Weiblichkeit,
korpulent und kurvenreich.
Eine Frau aus Rubens Sicht,
zeigte ihre Knochen nicht,
weil sie wusste,
dass ein Mann sich daran verletzen muss-
te.
Wo sind nur die Zeiten hin,
wo man gar ein Doppelkinn,
einen Bauch und volle Brüste
liebevoll und zärtlich küsste?
Scheinbar gilt es heut als schön
durch die Frau hindurch zu sehn
und zu winken wenn sie fliegt,
weil sie überhaupt nichts wiegt.
Und die Moral von der Geschicht',
solche Frauen mag ich nicht.
Suche Schlanke Blonde Attraktive und Ak-
tive Sie.

Was denn nun? Eine schlanke Rubensfigur?

Du kannst die Wellen des Lebens nicht
stoppen, aber du kannst lernen auf ihnen
zu surfen.

Falsch zitiert, entweder richtig oder gar nicht ist meine Devise.

Bin ein netter mann vieleicht aus deine Nachbarschaft … bin eigen wilieg … gehe oft keggeln … suche frau … sie tarf reuig ein Kind haben … sie soll nett und treu … und wietzig sein

Hoffentlich nicht aus MEINER Nachbarschaft

bin nich immer on also wen kein antwort kommt antworte ich trozdem

ahhhhhh jaaaaa

Du bist hier im Netz, nicht in der Realität. Wir lernen uns auf einer Ebene kennen, in der wir uns weder sehen, hören, riechen, anfassen oder sprechen können. Ich werde mich bemühen, nett und höflich zu antworten. Das bedeutet aber nicht gleich eine Liebeserklärung an Dich. Du kannst Dich hier nicht wirklich verlieben, denn Du verliebst Dich vielleicht in Worte, die ich schreibe, nicht in mich als Mensch. Du kannst mich nicht beurteilen, du kannst Dir nur eine Meinung bilden, um für Dich zu filtern, ob Du mich auch real mögen könntest. Aber auch das ist bei einer Übereinstimmung im Netz nicht sicher. Du kannst Dir ein Bild von mir machen, aber das bedeutet nicht, dass ich auch wirklich so bin. Wir Beide haben unsere Vergangenheit, die uns geprägt *hat. Unsere Worte können sehr ähnlich sein und die Bedeutung doch verschieden. Das alles heißt, dass die Chemie im realen Leben zwischen uns stimmen kann, aber nicht muss. Alles Weitere kann sich erst dann entscheiden, wenn man sich real gegenübersteht.*

Du kannst die Wellen nicht anhalten, aber du kannst lernen zu surfen.
(Joseph Goldstein)

bin Reuger tüb aber auch Kaot und hab ein Hamsta denn ich sehr Lieb hab jetzt fehlt nur noch die Partner die ich noch mehr Lieb hab kann

Meine Gedanken dazu schreibe ich jetzt besser hier nicht hin.

Lebe deinen Traum …

Gestern standen wir noch am Abgrund, heute sind wir schon einen Schritt weiter.

Der Horizont der meisten Menschen ist ein Kreis mit dem Radius 0. Und das nennen sie ihren Standpunkt.

Das Leben sollte keine Reise sein, mit dem Ziel, attraktiv und mit einem gut erhaltenen Körper an unserem Grab anzu-

kommen, sondern seitlich hinein zu rut-
schen, Schokolade in einer Hand, Gin To-
nic in der Anderen, unser Körper total
verbraucht, schreiend »Wow, was für ein
Leben!«.

suche südländlichen oder braune hautfar-
be frau von 37 bis 47 jahre bin ruhich
und gesellich

Ich stehe mit beiden Beinen fest auf dem
Boden ...

Gerne auch:

Ich stehe mit beide Beine fest auf dem
Boden.
Mann,aus dem leben,sucht Sie,aus dem le-
ben, für Gemeinsam Leben

Ist ja genau so ein Rhetorik-As wie Boris Becker.

Was soll Mann hir über siech erzälen bin
nich fotogän ebend ein normaler tüp habe
comouter und suche eine Frau die mich so
nemen tuht wie ich bin biete zuferläsig-
keit und financiele sicherheid und treuhe
sory fals ein Paar schreibfeler drin sint

Falls? Die Anzahl der »Hs« stimmt jedenfalls, auch wenn
sie nicht dort sind, wo sie hingehören.

will nich mehr aleine sein hap nach ge-
dacht über mein lebn

Und? Hat es sehr wehgetan?

suche hier auf diesen weg eine erliche
romantische sie zwischen 36-41 für einen
erlichen romantische partnerschaft bin
erlich und romantisch und 54 jahre jung-
geblieben.

ich niecht suche , Lügn , Ignorans ,
Oberflechlichckeit , ist niecht meine ahrt

Da fehlen selbst mir die Worte.

Bin Lieb und Treu (53 j) und Suche auf
diesen weg nach enttäschung neu anfang
mit junge Erliche liebe frau bis 41j mit
die es wieder kribbelt

Ohweia.

Ich lehrne gerne menchen kenen und ich
schreibe bestimt zurück und ich Liebe Mo-
torad Fahren wenn ich lust habe zu fahren
und am liebsten mit patnerrin, und hast
du lust mit mir motoradzufahren und kann
man auch andere sachen drauf machen

Ja, zum Beispiel einen Duden darauf ablegen.

Was du nicht willst, was man dir tut, das füg auch keinem Anderen zu

Jsatiuiufkadnfjhuzzh ... hier hast du die Buchstaben, schreibe deinen Text selber

Da ist aber das geistige Inventar auch nicht mehr so ganz komplett.

jeden Anfang wohnt ein Zauber inne

Das Mittel für Dich: MICH.

Ich weiß nicht, was Dein Arzt bei Einsamkeit empfiehlt, ich empfehle MICH. MICH enthält ausschließlich männliche Wirkstoffe und ist seit 53 Jahren bewährt. Packungsgröße: 191cm, 98kg, Verpackung ist Geschmacksache. Inhalt: Intelligenz, Liebe, Zärtlichkeit, Humor, Ehrlichkeit, Vertrauen, Treue, Zuneigung. Nebenwirkungen: Heftiges Kribbeln im Bauch, Herzklopfen, Küssen. Langzeitsymptome: Suchtgefahr. Anwendung für Patienten mit folgenden Eigenschaften: Weiblich, schlank, humorvoll, intelligent, ehrlich, treu. Überdosierung nicht möglich! MICH ist nicht im Handel erhältlich, eine kostenlose Prüfung auf Verträglichkeit ist auf jeden Fall erwünscht.
Die Arbeit läuft dir nicht weg, während du deinem Kind einen Regenbogen zeigst,

*aber der Regenbogen wartet nicht, bis du
mit der Arbeit fertig bist.*

*Ran an die Tasten Mädels … stehe mit mei-
ne Füsse, fest in Leben , was Charmant
und Lieb, manchmal Frech Sucht Partnerin,
Sie müßte Lieb, Treu, und Erlich sein
und bißchen intresse am Compjuter haben*

Wie macht sich denn »frech« bei dir bemerkbar? Durch
eine Eigeninterpretation der neuen deutschen Rechtschreibung?

*Berühre niemals ein Herz, wenn du nicht
in der Lage bist es zu schützen und zu
ehren.*

*Ich bin nur verantwortlich für das, was
ich sage und nicht für das, was Andere
verstehen*

Dann rede doch auch deutlich!

*Meine Hobbys sind Klöppeln, Ikebana und
Origami, ansonsten sitze ich zu Hause rum
und bin froh, wenn ich meine Ruhe habe.*

Einmal im Monat hole mir meine Rentnerbravo aus der
Apotheke und habe dann für eine Woche genug Unterhaltung.

Lebe deinen Traum ... träume nicht dein Le-
ben

Beiße nich

Ohne weitere Worte.

Mein Fazit:
Männer, die hier Freundschaften suchen und deren Profil ich gesehen habe, sind zum größten Teil einfalls- und
fantasielos und nehmen es mit der deutschen Rechtschreibung nicht so genau.

Eine sinnvolle Idee wäre sicherlich folgende Option, die
es leider noch nicht gibt:

Wie hoch ist Ihr Bildungsniveau?
☐ sehr hoch
☐ hoch
☐ mittelmäßig
☐ gering
☐ brauch ich nich

Welcher Profiltexttyp sind sie?
☐ 1
☐ 2
☐ 3
☐ 4
☐ 5
☐ 6
☐ 7
☐ 8

☐ 9
☐ Andere

»In Kombination mit Ihrer Antwort zur Bildung wird Ihnen vom Programm kostenlos ein Profiltext erstellt.«

Auffällig ist auch, dass sich die Schlagworte von Männern und von Frauen, zumindest von denen von mir, reichlich unterscheiden.

Mopped fahren • Computer • Elektronik • Sex • Auto fahren • Camping • Cabrio • Whisky • Tanzen • Sex • Essen • Stil • Fotografieren • Berge • Reisen • Sex • Wandern • Glatte Haut • Wohnmobil • Ausschlafen • Kino • Flohmarkt • Musik hören • Sex • Schlanke Frauen • Nylonstrümpfe • Frankreich • Sex • Spiele zu zweit • Hingabe • Sex • Verbalerotik • Outdoor • Blickkontakt • Kerzen • Ausdauer • Sex • AC/DC • Natur • Respekt • Toleranz • Sex • Nürburgring • Computer • Kegeln • Feiern • Mallorca • Spaß • Sex • Leder• Australien • Dessous • Espresso • Intimrasur • Sex • Rockmusik • Seide • Sauna • Bodybuilding • Tauchen • Sterne • Neuseeland

Wie soll ich denn da bei einer »Schnittmenge gegen Null« meinen Traummann finden?

Kapitel 11

Samstagmittag

Trotz der geringen Schnittmenge sitze ich wieder am Rechner. Den Gedanken, dass ich zu oft und zu lange am PC sitze, ignoriere ich. Kaum bin ich eingeloggt, plingt es auch schon wieder.

Pling: bayerischer_Bub: Servus luna wi geht's dia?
Ich: Danke gut Bub und dir?
bayerischer_Bub: aa guad

Ich schaue mir, wie ich es mir vorgenommen habe, vor dem Antworten den Profiltext an:

Ich rede mit der Couch, flirte mit dem Fernseher und frühstücke mit dem Toaster. Bevor ich noch ein Verhältnis mit dem Staubsauger anfange, melde dich bei mir.

Na ja, wirft mich nicht um, ist kopiert, aber schau'n wir mal.

bayerischer_Bub: mogst voicen luna?

Bevor ich jetzt wieder nicht weiß, um was es geht, bemühe ich erst mal wieder die Suchmaschine: »Voicen« ist das Dolmetschen aus einer Gebärdensprache in eine Lautsprache. Hm, was meint er jetzt damit? Bayrisch ist doch keine Gebärdensprache.

Ich suche weiter. »Mit Voicen ist das kostenlose Telefonat mittels Headset oder auch Internet-Telefon von PC zu PC gemeint. VoIP = Voice over IP«

Ich: *Sorry, aber ich habe kein Headset.*
bayerischer_Bub: *schade*
Ich: *Aber wir können gerne chatten, wenn du magst*
bayerischer_Bub: *Naa hob i koa Lust zu, mog i ned*
Ich: *okay, dann eben nicht, ciao*

Egal, ich verstehe diese Sprache ja eh kaum.

Kostenlos telefonieren? Von PC zu PC? Ich bemühe also wieder mal die Suchmaschine und komme zu dem Ergebnis, auch ich bräuchte so ein Ding. Ich kann dann mitreden, im wahrsten Sinne des Wortes.

Ich logge mich aus, fahre in die Stadt und komme mit einem neuen Hightech-Teil wieder zurück.

Mein PC steht leider in einem Schrank und so einfach kann ich ihn nicht nach vorne ziehen, ohne Gefahr zu laufen, dass sich Kabel lösen und das wäre der Supergau.

Also kippe ich den Rechner mit einer Hand ein wenig nach vorne und beuge mich in den Schrank. Ich versuche auf die Rückseite des PCs zu sehen, was mir natürlich nicht gelingt.

Also muss ich fühlen, wo denn wohl eine Möglichkeit für die beiden Stecker des Headsets wäre. Ich stehe noch krummer, um an die Anschlüsse zu kommen und so langsam sticht es im Rücken, aber ich fühle zwei Löcher, die noch frei sind.

Jetzt fehlt mir eigentlich eine dritte Hand, denn eine brauche ich, um den Rechner gekippt zu halten, die Zweite, damit ich noch weiß, wo die Buchsen sind und irgendeine Hand muss ja schließlich noch die Stecker einstecken. Im fliegenden Wechsel verlässt die eine Hand die offenen Anschlüsse, greift sich die beiden Stecker und versucht blind die passenden Löcher zu finden.

Der dritte Anlauf gelingt und ich kann das Testprogramm laufen lassen. Ich höre aber nichts.

Die automatische Fehlersuche, die ich einschalte, rät mir den roten Stecker mit dem Grünen zu tauschen. Also noch mal den ganzen Rechner kippen, tasten, versuchen zu wechseln und vor allem versuchen den Krampf in der linken Hand zu ignorieren. Nur nicht loslassen, sonst fällt der PC aus dem Schrank. Mittlerweile krampft auch der Rücken, aber ich weiß ja wofür ich das Alles mache.

Dass ich nahe dran bin, höre ich am Krächzen oder wie ich das nennen soll, und jeder, der mal Lautsprecher angeschlossen hat, weiß, welche Töne ich meine.

Tut so langsam in den Ohren weh, aber ich habe es geschafft: Die Stecker sitzen und das Testprogramm läuft zu meiner Zufriedenheit durch.

Jetzt habe ich keine Zeit, um in den Singlechat zu gehen, heute Abend klappt es aber sicher.

Kapitel 12

Abends

Und tatsächlich sitze ich abends mit dem Headset auf dem Kopf und dem Heizkissen im Rücken am PC und bin gespannt.

Sobald man eingeloggt ist, hört man wie sich alle Chatter unterhalten - obwohl eine Unterhaltung ist es ja eher nicht, denn alle Anwesenden schreiben und sprechen durcheinander.

luna kommt in den Chat
Hexe246: Hi @all
Kuschelmaus 455 kommt in den Chat
Kuschelmaus 455: grüße an alle
Kuschelmaus 455: :)
Der_Retter: tschüss
Der_Retter verlässt den Chat
Zicke_1968: grüße an hexe246
Fdz_dd: hi kuschelmaus
Kuschelmaus 455: hi Fdz_dd
Kuschelmaus 455: :)

In Sekundenschnelle wird die Seite mit Gesprächsfetzen gefüllt und ich komme nicht mehr mit, weder mit dem

Lesen, noch mit dem Verstehen. Anhalten kann ich die Seite nicht. Will ich auch irgendwie nicht.

Ich sehe zig verschiedene gelbe Gesichter, die lachen, Zunge zeigen, sich auf den Boden werfen, küssen oder heulen und lese merkwürdige Abkürzungen wie lol, rofl, hd, afk, deren Sinn sich mir nicht erschließt.

Zicke_1968: grüße an alle
Zicke_1968: hdl kuschelmaus
Zicke_1968: hallo luna
die_kleene: hi
StarkerMann: hi ((((luna))))

Jetzt sollte ich vielleicht auch mal was schreiben.

luna: hi

Ich fasse es nicht, jetzt passe ich mich nach einer Minute schon an und bin nicht mehr in der Lage einen ganzen Satz zu schreiben.

HAUSMEISTER: tschüss
HAUSMEISTER verlässt den Chat

Das ist also Chatten per Headset. Und was ist jetzt daran bitte so toll?

Pling: Private Chateinladung von zart_hart
Pling: Private Chateinladung von DWT_48
Pling: Private Chateinladung von DOMINANZ
Pling: Private Chateinladung von Dein_Herz
Pling: Private Chateinladung von Romantiker52

Und wieder weiß ich nicht weiter, wo muss ich denn jetzt hier klicken? Was muss ich tun? »Romantiker« klingt gut und ich sehe mir sein Profil an. Es gefällt mir und ich klicke daher auf seine Einladung.

Es öffnet sich eine ganz neue Seite und plötzlich ist es ganz still, alle andern Chatter sind leise. Die wollen bestimmt hören, was ich mit Romantiker52 rede, kommt mir in den Sinn.

Romantiker52: *Sei gegrüßt luna*
Ich: *Hallo Romantiker52*
Romantiker52: *Warum antwortest du mir nicht luna?*
Ich: *Habe ich doch*
Romantiker52: *Ich höre dich nicht luna*
Ich versuche es mal schriftlich: *Ich antworte dir doch*
Romantiker52: *Ich höre dich aber nicht*
Ich (schriftlich): *Ja soll ich etwa schreien?*
Romantiker52: *Du musst auf den grünen Button unten rechts drücken bevor du redest.*
Ich: *Ach so, danke.*

Nette Stimme hat er ja.

Ich: *Hallo Romantiker52*
Romantiker52: *Bist du alleine zu Hause?*
Ich: *Ja wieso?*

Mist, vergessen den Knopf zu drücken.

Ich: Ja wieso?

Romantiker52: Dann können wir ja direkt loslegen.

Ich: Okay

Romantiker52: Was hast du an?

Ich: Jeans und T-Shirt, warum fragst du?

Romantiker52: Nur so.

Romantiker52: Und was noch?

Seine Stimme klingt etwas enttäuscht und ich habe das Gefühl, dass er eine andere Antwort hören wollte.

Ich: Schlappen, ich trage im Haus selten meine Winterstiefel.

Romantiker52: Wo kommst du her und was machst du?

Ich: Ich voice gerade mit dir und meinst du wo ich gerade herkomme oder meinst du wo ich wohne?

Wieder vergessen den Knopf zu drücken.

Ich: Ich voice gerade mit dir und meinst du wo ich gerade herkomme oder meinst du wo ich wohne?

Romantiker52: Ich meine wo du wohnst

Er klingt ein wenig genervt.

Das wird mir jetzt aber alles ein wenig zu schnell zu persönlich, wird ja immer davor gewarnt, Fremden zu viel über sich preis zu geben. Also täusche ich mal wieder ein Telefonat vor und verlasse den Privatchat.

Irgendwann sehe ich, dass er den Chat ganz verlassen hat und ich traue mich wieder das Headset aufzusetzen und dem Stimmenwirrwarr zuzuhören. Alle anderen privaten Chatladungen lehne ich erst einmal ab.

Jetzt trete ich bestimmt einigen Lesern auf die Füße, Andere geben mir aber sicherlich Recht. Wie soll ich es ausdrücken ohne zu direkt zu werden?

Habe in dem Stimmendurcheinander einen Dialekt gehört, der ... ähm ... der ... hmmm ... der ... okay ich sage es direkt, der meinem Ohr weh tut. Diese Männer heißen oft Heiko, Falko, Meiko oder Reiko, Hauptsache der Name endet mit einem o. Ersatzweise heißen sie auch Dschasstin oder Kevin.

Es gibt Männer, die lesen dir das Telefonbuch vor und du hängst an ihren Lippen, so eine tolle Stimme haben sie ... und es gibt halt die Männer aus dieser bestimmten Gegend, die können dir das schönste Liebesgedicht ins Ohr hauchen, aber darauf reagieren halt nur die Chantalls, Schakkelinen, Mändies, Cindies und Madleens.

Habe ich doch jetzt einigermaßen diplomatisch ausgedrückt, oder?

guggemado: Hallo daach.
guggemado: Was machnsn scheened?
Kevin_aus D: daach
Djustin27: morschn sanniii willgommn im schäd
guggemado: Wie gehds dänne?

Heiko1974: Daach sanniiii, kännschd dän? Was socht en Sochse, wennor in Ameriko en Weihnachdsboom kofn will? Ätänschen-please.

Heiko1974: Ein Vater möchte seinem 7-jährigen Sohn die Tiere im Wald zeigen. Sie steigen auf einen Hochsitz. Der Junge schaut nach Norden und sieht zwei Füchse. Der Vater beobachtet den Süden und erblickt eine nackte Frau. Der Sohn ruft ganz aufgeregt zu seinem Vater: »Baba, Figgse, Figgse!«. Daraufhin der Vater: »Nu, wenn de de Muddi nüscht soochst!«.

Heiko1974: Güden Tog. Isch bin en Hägga aus Leipzsch un diss iss meen ersta selbst prögrammirda bösartischer Compjutervirüs. Da isch noch net sö viel weeß vom Compjuder iss des en manueller Virüs. Also löschen se bidde alle Daddein von de Festpladde und schicken se den Virüs an alle Leude, die se kennen.Vielen Dank für Ihre Kööperatiön.

Heiko1974: oda känschde dän sunniiii? Babba, hier schdehd ´ägyptisch´ was issn das? Egibbdisch? Nu ganz eenfach, das iss ä Disch der gibbt.

Ich: Nee Heiko kenne ich nicht, erzähl mal

Heiko1974: Babba, hier schdehd ´ägyptisch´ was issn das? Egibbdisch? Nu ganz eenfach, das iss ä Disch zum gibbe.

Ich: *nee den kannte ich wirklich noch nicht*

Doch Heiko macht unbeirrt weiter:

Heiko1974: *Dor Trabbi*
Modor: Luftgegielder Zweezelinder- Zwee-
dagder mit Drehschieboreinlaßsteierung
un Golbenrickholfeder.
Hubraum: 595 Gubickzentimetor.
Vordichtunk: 7,6:1
Leisdunk: Brutale 26 PS bei 4.200/Min.
Max. Drähmoment: 54 Nm bei 3.000/Min.
Zindunk: Molotov-Abreißzindunk mit vor-
gromten Zindfunken,
Vendile: Keene.
Noggenwelle: Keene.
Zahnriem: Hattr keen.
Zindkerzen: Crustschow 175 HL (UdSSR).
Vorgasr: Hattr.
Benzinbumbe: Hattr nich, Benzin fällt ie-
ber Steischrohr indn Vorgasr.
Anlasser: VEB Anlassergombinat Winter-
schreck.
Graftiebertrachunk: Frondandrieb; voll-
singronisiertes, supermodernes Viergonk-
getriebe mit Freilauf im 4. Gonk.
Fahrwerg: Eenzelradoffhängunk vorne,
hintn und for's Arsatzrad, änne Gelenghin-
derachse in Gummifedern, Seilzuchlänkunk
mit audomadscher Spurverbreiderung nach

10.000 km; *Hidraulische Drummelbremse vorne und gelegentlich och hind'n.*

Garosserie: Viersitzsche Limusine mit zwee Diern, Stahlblechgarosserie mit Blaste-Beplankunk, Bodengrubbe 2mm Blech; Lieschesitze sin nach Lösen von vier Schraum SW 22 schnell bedriebsbereid.

Dor Dacho ward dursch e Windrad am Bug angedriem, daher bei Geschenwind leichte Fehlmessung möschlich. Scheimwischer-Handbedrieb dursch gleichmäßsches ziehn an dr roden Schnur.

Sonnerausstaddunk: Scheimwaschanlaache in Form ener Wasserpistole (liecht im Handschuhfach).

Falls eine Beheitzunk des Waachens notwendsch wird, isses zweckmässsch, en Spiridusgocher zu gof'n (VEB Spiridusgochergombinad), dr Gocher paßd genau in de Middelgonsole; ACHDUNG! beim schaldn Asbesdhandschuhe drachn, sonst gibt's Brandblasen an de Pfod'n.

Dankinhald: 24 Lidder.

Beschleinigunk: 0-100 km/h in hervorrachenden 43 Segundn.

Fahrleisdunk: De Geschwindschkeeth is enne ungeheire, se kunnte in dr DDR nor ni richd'sch erforscht wern, do hier enne hehere Geschwindschkeeth vun mehr als 100 km/h ni erlobt is.

Fahrgereische: Hald'n sich in Grenzen: Inne 125 dB; Außn 138 dB.

Ich: Heiko, kennst du denn dass wirkungs-
vollste Verhütungsmittel?
Heiko1974: nee
Ich: Mein Gutster möchtest du es wissen?
Heiko1074: nuuh
Ich: ein sächsisch sprechender Mann
Heiko1974: aldde Gewiddrziehche

Es reicht mir schon, wenn ich es lese, ich muss den Dialekt nicht auch noch hören und ziehe genervt den Stecker
vom Headset.

Ich verlasse den Chat und informiere mich in der Zwi-
schenzeit, was es mit den ganzen lol und *g* und ;-) auf
sich hat.

Kapitel 13

Sonntagmittag

Heute schaue ich mir mal das Programm und die ungeahnten Möglichkeiten in Ruhe an. Jetzt zur Kaffeezeit werden ja nicht so viele online sein, so dass ich mich ungestört umsehen kann.

Der Punkt »Meine Favoriten« fällt mir auf:

»Hier können Sie die Profile ablegen, die Ihnen gefallen, so dass Sie sie jederzeit wieder aufrufen können. Der Profilinhaber bekommt nicht mit, wenn Sie ihn in Ihren Favoriten speichern.«

Gut zu wissen.

Zweiter Punkt: »Meine Freunde«

»Mit dieser Funktion können Sie Ihre Freunde in die Freundesliste aufnehmen, damit Sie sehen, wann sie online sind.« Freunde? Habe ich hier nicht.

Dritter Punkt: »Unerwünschte Kontakte … «

Jetzt wird es schon interessanter.

»Sperren Sie unerwünschte Kontakte. Durch diese Option bekommen Sie von gesperrten Usern keine Mails oder Chateinladungen mehr.«

Ich suche nach der Möglichkeit den Typ 1 komplett zu sperren, finde sie aber nicht, gibt es glaube ich auch nicht. Schade, denn das wäre es gewesen.

Es folgen noch einige Felder, die ich anklicken kann, wenn ich »Grüße«, »Knuddel« oder »Herzen« verschicken möchte. Brauche ich aber alles nicht.

Aaah, hier mit diesem »Link« kann ich jemanden zum »Chat« einladen und mit dieser Funktion kann ich nach gleichen Interessen suchen. Muss ich mir mal für alle Fälle merken. Und jetzt fällt mir auch der für mich wichtigste Punkt ins Auge: Die SUCHE

Ab jetzt nehme ich mein Schicksal selbst in die Hand und sehe mir die Profile an, die ich selber raussuche.

Ich möchte endlich wieder sagen können: »Schön, dass es dich gibt«

»191 cm, dunkelhaarig, sportlich, breite Schultern ...«

Beim ersten Mal schon so ein Highlight? Dann fällt mein Blick auf den Wohnort: »Mannheim« - und ich seufze.

94

Es ist überflüssig hier die üblichen Wünsche der Männer aufzuzählen, denn wer sucht schon nach einer langweiligen, untreuen, hässlichen oder ungepflegten Partnerin?

Ich fahre mit Freunden gerne Rad, gehe zum Fitness und ins Kino. Aber das, was mich die Schmetterlinge im Bauch fühlen lässt, das erlebe ich nur mit dir.
Was das sein wird, wird sich rausstellen. Wenn nach den Mails und Telefonaten bei einem persönlichen Treffen der Funke bei dir und bei mir überspringt, dann sollten wir darauf aufbauen.
Ich suche eine Frau, die meine Sinne, mein Herz und meine Seele berührt. Bist du die Frau, der es bei mir schafft?
Bist du die natürliche und romantische Sie, die sich gemeinsam mit mir hier wieder abmelden möchte?
Ich such nicht Alle oder Viele sondern DICH

Alle in Frage kommenden Männer wohnen zu weit weg. Ich muss die Suche eingrenzen. Also setze ich den Filter beim Umkreis von maximal 50 km von meinem Wohnort und ich bekomme 95 Seiten a 20 Vorschläge angezeigt.

Das erschlägt mich doch jetzt ein wenig. Wo fange ich denn da an? Am besten direkt oben am Anfang und arbeite mich dann zum Ende durch.

Bei den ersten zehn Profilen habe ich schon sechs Volltreffer: Den Typ 1, na klasse.

Drei »beißen nur auf Wunsch« und Zwei von ihnen stehen auch noch zusätzlich mit »beiden Beine fest im Leben« bewegen sich also kein Stück mehr, einer der sechs bewegt sich nicht mehr, beißt aber dafür auch nicht ... ;-)

findet raus wie ich binn binn immer gut drauf und binn fast immer wech unter leuten das leben ist kurz möchte ich mit dir den rest genissen
Mit mir kannst du über Gott und die Welt reden

Wenn ich das gewollt hätte, wäre ich Pastorin geworden.

Ich befürchte, dass ich nun sechs ungewünschte Gegenbesuche bekommen werde, soll heißen: sie sehen sich mein Profil an und mailen mir womöglich auch noch.

Kann ich sie nicht schon sofort auf die Liste der nicht gewünschten Kontakte setzen? Super ... , geht ... und schon sind meine ersten sechs Kandidaten gesperrt.

Wie viele unerwünschte User kann ich denn eigentlich sperren? Finde dazu keinen Hinweis, ist jetzt auch noch nicht so notwendig.

Die restlichen vier Profiltexte klingen ganz gut:

Versuche erst gar nicht mich zu verstehen, nimm mich einfach so wie ich bin

Ich bin liebevoll, temperamentvoll, romantisch, zärtlich und leidenschaftlich. Bin vielseitig interessiert und mag Gespräche mit Niveau und Humor.

Bekennender Optimist, gezeichnet vom Leben, dennoch voller Lebensmut.
Du vermisst es auch, dass dich Jemand umarmt und dich küsst?
Du sehnst Dich auch nach Nähe?
Du möchtest auch mal wieder Hand in Hand durch die Stadt laufen?
Du vermisst es auch zu hören, wie schön es ist, dass es dich gibt?
Du möchtest auch, dass Jemand für Dich da ist?
Du sehnst dich auch danach dich mal wieder fallen zu lassen?
Du vermisst auch das Haut-an-Haut-Gefühl?
Dann maile mir und vielleicht gehört das »Vermissen« bald der Vergangenheit an.

Schade, schade, bei genauerem Hinsehen fällt mir die Größe der Männer ins Auge: 173 cm, 171 cm.

Also mindestens zehn cm zu klein für mich. Wo sind denn die großen Männer? Alle gebunden?

Ich setze jetzt den nächsten Filter: Umkreis von maximal 50 km von meinem Wohnort bleibt, aber ich setze den Filter zusätzlich auf mindestens 185 cm.

Nur noch 58 Seiten, das ergibt 1160 Partnervorschläge. Ist immer noch verdammt viel, hatte schon fast vermutet es bleiben nur noch 14 Männer übrig.

Stier_79: *Ein paar Eckdaten von mir: 1,91 m, 87 kg, Stier, blond und blauäugig, sportlich. Suche nette Unterhaltung*

Ich denke mal 79 ist das Geburtsjahr, nicht das Alter.

topfit: *Ich treibe fast täglich Sport. Suche Sportpartner für Joggen, Radfahren, Fitness. Bin 38 und unabhängig.*

Waschbaer-09: *Ich freue mich auf nette Kontakte. Wir können mailen, chatten, telefonieren und uns vielleicht auch mal ungezwungen treffen, eine feste Beziehung möchte ich aber nicht mehr eingehen. Mit der Zeit lernst Du, dass eine Hand halten nicht dasselbe ist, wie eine Seele fesseln.*
Und dass Liebe nicht Anlehnen bedeutet und Begleitung nicht Sicherheit
Du lernst allmählich, dass Küsse keine Verträge sind und Geschenke keine Versprechen
Und Du beginnst, Deine Niederlagen erhobenen Hauptes und offenen Auges hinzunehmen mit der Würde des Erwachsenen, nicht maulend wie ein Kind

Und Du lernst, all Deine Straßen auf dem Heute zu bauen, weil das Morgen ein zu unsicherer Boden ist
Mit der Zeit erkennst Du, dass sogar Sonnenschein brennt, wenn Du zuviel davon abbekommst.
Also bestell Deinen Garten und schmücke dir selbst die Seele mit Blumen, statt darauf zu warten, dass andere Dir Kränze flechten.
Und bedenke, dass Du wirklich standhalten kannst ... und wirklich stark bist.
Und dass Du Deinen eigenen Wert hast.

Strolchi: Hallo, schön, dass Du dir mein Profil ansiehst, ich suche hier neue Freunde.
Freunde sind Engel die uns wieder auf die Beine helfen, wenn unsere Flügel vergessen haben wie man fliegt.
Jeder ist nur ein Engel mit einem Flügel, doch wenn man sich umarmt können wir fliegen.
Ein Freund ist so lange unsichtbar, bis man ihn braucht.
Wenn ein Freund weggeht, muss man die Türe schließen, sonst wird es kalt.
Ein Freund ist Jemand, der dich mag, obwohl er dich kennt.

Sind ein paar ganz ansprechende Texte dabei, natürlich auch wieder die gewohnten Kopien.

Ich suche aber keinen Sportpartner. Ich fahre doch nicht erst eine halbe Stunde mit dem Auto durch die Gegend, um mit jemandem zu walken, oder noch schlimmer, mit dem Rad zu jemandem, mit dem ich Rad fahren möchte. Dann wäre ich ja schon platt, wenn ich ankomme.

Fallen also wieder ein paar womöglich interessante Männer weg. Na ja, noch ist die Auswahl ja groß genug.

Rundes_Leder: *Ich reise gerne mit meinen Fußballkumpels*

Ich lese den weiteren Text erst gar nicht, ebenso wenig wie den folgenden Text:

Filzlaus60: *Wer im Sommer Schmetterlinge im Bauch haben will ...*

Für den Fall, dass es tatsächlich jemanden geben sollte, der diesen Spruch noch nicht kennt, hier die komplette Version:

»Wer im Sommer Schmetterlinge im Bauch haben will, der muss sich im Frühjahr Larven in den Hintern schieben.«

Sorry, aber ich habe eine Insektenallergie und zwar hier gleich doppelt.

Die nächsten drei Männer sind verheiratet oder gehören wieder dem Typ 1 an. So komme ich nicht weiter, ich bin frustriert.

Gibt es denn keine Möglichkeit ein Profil in der Vorschau zu sehen, ohne dass ich es ganz öffnen muss? Doch gibt es. Die erste Zeile ist sichtbar und dabei wird sogar das Foto gezeigt. Na also, das ist doch mal ein Riesenfortschritt. Ich entscheide jetzt ganz spontan, wann ich das Profil öffne. Entweder gefällt mir der Benutzername oder das Foto, sagen beide nämlich eine ganze Menge aus. Und »same procedure as every year!«

Pling: Rambo: *ey schick ma'n fotto will sehen mit wen ich chate kanns mich ja auch sehn oder willze mit ne sonne oder wolke zusammnsein*

Das Profil muss ich mir jetzt wirklich ansehen, um mir eine Meinung zu bilden. Und zum ersten Mal vergesse ich meine angeborene Höflichkeit und antworte reichlich ruppig.

Ich: *1. Gibt es immer noch das Höflichkeitswort mit den zwei »Ts« und damit meine ich nicht flott flott und ...*
2. Will ich dich weder sehen, noch mit dir chatten, geschweige denn mit dir zusammen sein

... und ab mit ihm auf die Liste der unerwünschten Kontakte.

Ich sehe mir weitere Vorschläge in der Vorschau an: »Der_Zauberer« und dazu ein Foto, das einen wirklich sehr sympathischen Mann in voller Größe zeigt.

*Ich beiße nich und stehe mit beide Beine
fest auf*

och neeeee

Pling: waschbaer123: *Gib mir deine Hand,
ich werde sie halten wenn du ...*

Die ersten Worte hören sich doch schon mal gut an und
ich sehe mir daraufhin den ganzen Profiltext an.

*Gib mir deine Hand, ich werde sie hal-
ten wenn du mich brauchst, ich werde sie
wärmen, wenn dir kalt ist, sie streicheln
wenn du traurig bist und ich werde sie
loslassen wenn du frei sein willst*

Erst jetzt merke ich, dass es auch wieder nur so ein Spruch
ist, der kopiert und eingesetzt wird, also sehe ich mir den
Rest des Profils gar nicht mehr an, aber »Waschbär« reagiert sofort:

waschbaer123: *Ey tolles profiel haste
luna. wie groß biste und biste blond?*

Welch ungeheure Diskrepanz zwischen Kopie und seinem eigenem Werk. Wirklich kaum zu glauben.

Ich: *Waschbär, ich bin 1,42 m klein und
blond, denn wie du gerade in meinem Profil gelesen hast, kann man schwarz-braun
noch so eben als blond durchgehen lassen.*

... und wieder eine Person mehr in meiner »Blacklist«.

*Pling: **schwarzer_wolf:** was suchs?was wills?was bietes?*

Ich bin jetzt mittlerweile schon wieder so genervt, dass ich es nicht einmal mehr für nötig halte höflich zu antworten.

Ich: ich biete dir 3 »t« an, damit wir sprachlich auf einer Ebene sind
schwarzer_wolf: häääääääääääää?
Ich: Vergiss es, ist mit 3 »Ts« auch nicht getan

Nummer neun auf der Liste. Füllt sich aber verdammt schnell *g*. Das Verwenden der Emoticons, wie die Abkürzungen im Netz heißen, gefällt mir.

*Pling: **Osterhase:** Hi luna*

Ich sehe schon in der Vorschau, dass das nichts werden kann, aber ich bin jetzt in so einer Laune, dass es mir egal ist und nehme das Profil noch mit:

Ich mark tiere und kinder und gaten und mein hobbys ist Kekeln und Sauner Besuche mache jeden plötzsinn mit

Ich: Hallo Mark
Osterhase: ähh ich heiße nich mark und ich heiße Wolfgang.

Ich: Aber du hast doch geschrieben: »ich mark«

Bevor ich mich vor Lachen nicht mehr halten kann, verabschiede ich mich besser und erhöhe die Anzahl in der schwarzen Liste auf zehn *lol*.

Netter_04: Wer Schmetterlinge lachen hört, der weiß, wie Wolk ...

Neugierig öffne ich das ganze Profil, mehr bekomme ich allerdings nicht zu lesen.

Wer Schmetterlinge lachen hört, der weiß, wie Wolken schmecken

Ich: Hey, du kennst Novalis?
Netter_04: was kenne ich?
Ich: unwichtig

Pling: Loverboy_01 knuddelt dich
Pling: Teddybär schickt dir Grüße
Pling: **Tom_aus_Bo:** Na du
Pling: **Codeword_0815:** hey luna, ich bin der Florian, bin 28 Jahre und suche gerne eine erfahrene Frau so um die 50.

Die Aussage »Ich liebe junge Männer, sie wissen zwar nicht was sie tun, aber sie tun es die ganze Nacht«, trifft mit Sicherheit auf mich nicht zu, also reagiere ich auch nicht.

Pling: Hauptgewinn: darf ich dich sehen. wir könnte per email unser aussehen aus- tauschen

Ich sehe mir sein Foto an und antworte:

Ich: Unser Aussehen tauschen? Nein dan- ke, ich möchte den Hauptgewinn dann lie- ber doch nicht, bin mit meinem Aussehen ganz zufrieden

Ich bekomme mittlerweile schon einen dicken Hals, wenn ich nur den Ton höre. Ich habe ihn zwar abgeschaltet, aber das interessiert das »Pling« nicht; aufdringlich setzt es sich gegen die Lautlosigkeit durch, wenn auch leise.

Ich schaue mir noch mal die Filterfunktionen an, »verheiratet« und »Typ 1« kann ich leider nicht ausschließen. Wenn ich alle anderen Möglichkeiten ankreuze, dann fallen logischerweise die Verheirateten aus der Suche.

Aber was, wenn mein Traummann das Kreuz aus Versehen an der falschen Stelle gemacht hat? Dann werde ich ihn hier niemals antreffen.

Also werde ich damit leben müssen, die Profile der gebundenen Männer zumindest ansatzweise lesen zu müssen.

Aber ich sehe die Möglichkeit das Alter zu begrenzen: Was nehme ich denn da bloß?

Von 48 bis 53? Ist ja eigentlich eine große Spanne. Aaaber wenn ER jetzt erst 47 ist oder schon 54?

Also setze ich den Filter auf 47 bis 53 und ändere sofort noch mal auf 45 bis 56. Sicher ist sicher.

Loewenherz59: Eines Tages wirst Du mich fragen, was ich mehr li ...

Da schaue ich mir doch glatt mal das ganze Profil an:

Eines Tages wirst Du mich fragen, was ich mehr liebe, dich oder mein Leben. Und ich werde sage mein Leben und Du wirst gehen, ohne zu wissen, dass du mein Leben bist.

Selber schuld, dann mach doch vorher den Mund auf. Sprechenden Leuten kann geholfen werden.

In einer Beziehung will ich mich ja schließlich auch unterhalten, also schließe ich das Profil.

Herzbube1959: ich will mit dir meine Träume wahr werden lassen

Ich öffne das ganze Profil:

ich will mit dir meine Träume wahr werden lassen und hoffe dich hier zu finden.

1,90 m groß, 57 km entfernt, ist einen Versuch wert.

Ich: Guten Abend Herzbube, dann drücke ich dir mal die Daumen, dass deine Wünsche in Erfüllung gehen.
Herzbube1959: jou

Herzbube1959: *auch*
Ich: *Würde es dein Sprachzentrum wohl überfordern, mir einen ganzen Satz zu basteln?*
Herzbube1959: *jou*

Ich schätze mal, einer seiner Träume wird sein, einen Rhetorikkurs mit der Note drei zu bestehen.

Mittlerweile verabschiede ich mich schon gar nicht mehr und er wird meine Nummer elf.

Großer_191: *Weißt du noch wie viele Profile du angesehen, sie*

Ich werde neugierig:

Weißt du noch wie viele Profile du angesehen, sie wieder geschlossen hast und zum nächsten Profil übergegangen bist? Nie war ER dabei, der Mann, der dich interessiert, dem du mailst. Woran liegt es? Daran, dass es hier ein Überangebot gibt und du wie in einem Katalog blättern kannst?
Ich preise mich hier nicht an, höre darauf, was dein Bauch sagt. Lese ich dich?

Wow, sollte ich mal wirklich auf einen interessanten Mann gestoßen sein? Und er ist sogar online. Jetzt nur nichts falsch machen.

»Hallo Großer«, neee »Guten Abend Großer« klingt besser.

Ich: Guten Abend Großer, ich habe gera-
de dein Profil gelesen und mein Bauch sagt
mir: versuche es doch einfach mal.

Ich warte und warte, die Mail hat er gelesen, das kann
ich sehen und er ist auch noch online, aber er antwortet
mir nicht.

Wer weiß in welchen Typ Frau er mich eingeordnet
hat. Er kann doch zumindest höflich antworten, dass er
kein Interesse hat.

Aber ich muss auch ehrlicherweise zugeben, der Knül-
ler war meine Mail ja nicht gerade.

Ich sehe nach, ob er noch online ist und zu meinem
Entsetzen stelle ich fest, dass er chattet. Blöder Kerl …

Ich werde mir mal in Ruhe eine Sammlung von Sätzen
anlegen, mit denen ich die Mail beginnen kann. Hilft mir
nur leider jetzt nicht mehr.

Fuzzi: klingt abgedroschn wie'n klischä
aber es is leide

neiiiiiin, kann gar nicht so klingen. Niemals! Egal, wie
der Satz weiter geht. Oh man, wo bin ich hier nur gelandet, willkommen Kandidat Nummer zwölf.

sunrise61: Ich bin vorzeigbar, treu und
leidenschaftlich

Ich bin vorzeigbar, treu und leiden-
schaftlich und genieße gerne das Glas
Wein bei Kerzenschein oder am Kamin

Für die Liebe auf den ersten Blick gibt es keine zweite Chance

1,89 m, 94 Kilo, Hochschule, ganz in der Nähe. Ich dachte 61 wäre das Geburtsjahr, ist aber wohl das eigentliche Alter, wie ich auf dem Foto erkennen kann und habe ich nicht vor noch einmal hinzuschauen.

nice2cu_Koeln: *Ich weiss was ich will und lasse mich von einen p*

Na da bin ich aber mal gespannt:

Ich weiss was ich will und lasse mich von einen partner anders überzeugen.

Ah ja, es genügt also nicht, nur keine Meinung zu haben, man muss auch unfähig sein, sie auszudrücken. Und wieder eine neue Weisheit fürs Leben gelernt.

Westfale: *charmanter und netter mann sucht das passende geg*

Ich öffne den Profiltext, schlimmer kann es ja schon bald nicht mehr kommen.

charmanter und netter mann sucht das passende gegenstück. finde ich dich hier?

Was oder wie ist wohl das Gegenstück von einem charmanten netten Mann? Eine Frau oder ein uncharmanter fieser Mann???

Träumerle: Ich träume oft davon, dass du plötzlich vor mir s

Auf den Traum bin ich gespannt.

Ich träume oft davon, dass du plötzlich vor mir stehst und es tief im Bauch kribbelt. Meine Interessen sind Briefmarken, Münzen, Postkarten

Da bin ich ja dann mit Lesen, Garten und Spazierengehen fast ganz oben bei den Top zehn der gefragtesten Hobbys.

Meine Stimmung ist auf dem Nullpunkt. Hatte es mir viel einfacher vorgestellt hier interessante Menschen kennen zu lernen und ich überlege ernsthaft mich wieder abzumelden, ich kann vor Rückenschmerzen eh kaum noch sitzen.

Kapitel 14

Sonntagabend

Ich melde mich natürlich nicht ab und sitze trotz Rückenschmerzen wieder vor dem Bildschirm. Nein, das kann man noch nicht als Sucht bezeichnen.

Ich rede es mir schön: Nein, auf gar keinen Fall. Kaum bin ich drin, meldet sich schon der Erste.

Pling: **Visuell_01:** *Hi lust auf c2c?*

Visuell_01s Profil sagt aus:
Schreiben ist Küssen im Kopf

Ich: *Dir auch einen schönen Abend.*

Ganz souverän, obwohl ich nicht die geringste Ahnung habe, was c2c ist, antworte ich - nicht wirklich -

Schnell werfe ich google an: c2c = cam to cam

Visuell_01: *Ja nabend, haste denn ne cam?*
Ich: *Nein, brauche ich auch nicht*
Visuell_01: *Aber ich habe Eine, möchtest du mich sehen während wir chatten?*

Ich: *Nicht nötig danke, ich kann ja nicht gleichzeitig schreiben und auf die Cam schauen.*
Visuell_01: *Sie ist unter dem Tisch*
Ich: *Unterm Tisch?*
Visuell_01: *Ja, du siehst ja nur einen Teil von mir*
Visuell_01: *wird dir gefallen :-)*

Ich glaube zuerst nicht, was ich gelesen habe, aber dann dämmert es mir. Mensch luna, bist du schwer von Begriff.

Ich: *Schönen Abend noch …*

Fängt ja super an der Abend.

Ich bin halt nicht mit dem Internet aufgewachsen.

In meiner Jugend haben wir Stadt-Land-Fluss und Brennball gespielt. Und die genialste Erfindung für uns war der Doppelkassettenrekorder mit der grünen RTL-Taste, also genau genommen waren das dann zwei Highlights. Da gab es halt keine Internetkameras, gab ja auch kein Internet.

Heute laden die Kids die Tophits in Sekundenschnelle aufs Handy, wir mussten dagegen noch auf die passende Sendung am Radio warten und vor allem startklar sein, damit wir den richtigen Moment nicht verpassten.

Das war der Moment, in dem der Hit (hieß damals auch noch Hitparade und nicht Charts), in dem also unser Hit gespielt wurde und wir die Starttaste drücken mussten. Das mechanische Klacken war immer zu hören, ließ sich halt nicht ändern, aber wir kannten es ja nicht anders.

Und dann hieß es hoffen, dass Mal Sondock[1] nicht zu früh in das Lied quatschte. Sonst mussten wir nämlich wieder zurückspulen und exakt die Stelle heraussuchen, an der wir das Lied stoppen wollten.

»Rrrrr« zurückspulen, »Klack« anhalten, »Klack« abspielen, zu weit…

»Klack« anhalten, »Rrrrr« zurückspulen, »Klack« anhalten, »Klack« abspielen, wieder zu weit …

»Rrrrr« … »Klack« … »Klack«

Aber ich schweife ab.

Währenddessen ist meine Taskleiste wieder zweizeilig geworden.

Pling: Der_Schamane: Guten Abend luna, ich grüße dich.

Huch, ein höflicher Mann, ich schaue mir sofort erst einmal sein Profil an:

Es interessiert mich nicht, womit du deinen Lebensunterhalt verdienst.
Ich will wissen, wonach du dich sehnst und ob du es wagst, davon zu träumen, das Sehnen deines Herzens zu erfüllen.

---

1 Malcolm Ronald »Mal« Sondock (* 4. Juli 1934 in Houston, Texas; † 9. Juni 2009 in Köln) war ein Diskjockey, Hörfunkmoderator, Musikproduzent und Sänger, der lange Jahre im WDR stilbildend für Musikmoderation wirkte. (Quelle: Wikipedia).

Es interessiert mich nicht, wie alt du bist.

Ich will wissen, ob du es riskieren willst, wie ein Verrückter nach Liebe zu suchen, nach deinen Träumen, nach dem Abenteuer, lebendig zu sein.

Es interessiert mich nicht, welche Sterne deinen Mond kreuzen.

Ich will wissen, ob du das Zentrum deines eigenen Kummers berührt hast, ob du geöffnet wurdest durch die Treuebrüche oder verwelkt und verschlossen aus Angst vor weiterem Schmerz.

Ich will wissen, ob du in Schmerz sitzen kannst, deinem oder meinem, ohne dich zu bewegen.

Ich will wissen, ob du in Freude sein kannst, deiner oder meiner; ob du ausgelassen tanzen und die Ekstase dich füllen lassen kannst bis zu deinen Finger- und Zehenspitzen, ohne dich in Vorsicht zurückzunehmen, realistisch zu sein oder die Schranken des Menschseins zu erinnern.

Es interessiert mich nicht, ob die Geschichte, die du erzählst, wahr ist.

Ich will wissen, ob du einen anderen enttäuschen kannst, um dir selber treu zu bleiben, ob du die Anklage eines Treuebruchs aushalten kannst, ohne deine eigene Seele zu betrügen.

Ich will wissen, ob du vertrauen, und deshalb auch vertrauenswürdig sein, kannst. Ich will wissen, ob du Schönheit sehen kannst, selbst wenn es nicht jeden Tag schön ist, und ob du die Quelle deines Lebens in Gottes Gegenwart finden kannst. Ich will wissen, ob du mit Versagen leben kannst, deinem oder meinem und immer noch am Ufer des Sees stehen und dem silbernen Vollmond zurufen kannst: »Ja!«

Es interessiert mich nicht zu wissen, wo du lebst oder wie viel Geld du hast.

Ich will wissen, ob du, matt und zerschlagen nach einer Nacht in Kummer und Verzweiflung, aufstehen kannst und tun, was für die Kinder nötig ist.

Es interessiert mich nicht, wer du bist, wie du herkamst. Ich will wissen, ob du mit mir im Zentrum des Feuers stehen kannst ohne zurückzuschrecken.

Es interessiert mich nicht, wo und was und mit wem du studiert hast.

Ich will wissen, was dich von innen stützt, wenn alles andere wegfällt.

Ich will wissen, ob du mit dir selber allein sein kannst und ob du wahrhaftig die Gesellschaft deiner leeren Augenblicke liebst.

Wow, der Text hat es aber in sich, habe bis zum Ende durchgehalten und ich grüße den Schamanen zurück.

Mein Bauch sagt mir aber »sei vorsichtig«, also, wie sollte es auch anders sein, google ich mal wieder.

Der_Schamane: *ich würde mich gern ein bisschen mit dir unterhalten luna.*

Ich antworte ihm, dass ich mir seinen Text noch mal durchlesen möchte, ich brauche ja schließlich eine Erklärung dafür, dass ich mich jetzt erst einmal im Netz schlau mache. Da es schnell gehen muss, lese ich quer und achte daher nur auf die Schlagworte.

»Im Schamanismus verfällt der Schamane in Trance und Ekstase und versucht so seine Ziele mit Hilfe von Geistern zu erreichen. Trance ist ein neurologisch bis heute nicht völlig aufgeklärter psychischer Ausnahmezustand des Bewusstseins.
Die Trance ist Voraussetzung für die schamanische Ekstase und hat eine enge Beziehung zur religiösen Verzückung.
Sie wird im religiösen Bereich mitunter auch generell als Ekstase bezeichnet. Erreicht werden kann sie durch Meditation, Hypnose, Autosuggestion, Askese oder äußere bzw. innere Reize wie Sprach- und Atemtechniken, rhythmische Bewegungen, Trommeln, Gesang, Tanz, Drogen etc.«[1]

---

1 Quelle: Wikipedia

Ach du heilige *zensiert*, ob er wohl so eine Art Voo-
doo-Priester ist?

Ich: Hast du einen Bezug zum Schamanismus?

Ich taste mich langsam an die Sache ran und lese weiter
in den Erklärungen.

Der_Schamane: Ja luna, das ist meine Le-
bensphilosophie

»Als Ekstase wird ein Verzückungszustand
bezeichnet, der durch Verminderung der
Selbstkontrolle, oft durch überschäumen-
de Gefühle und Bewegungsüberschuss ge-
kennzeichnet ist.
Es treten dabei oft akustische und opti-
sche Halluzinationen auf.
Die Ansprechbarkeit ist reduziert. Aus-
gehend vom Trancezustand wird hier dar-
unter der Vorgang verstanden, in dessen
Verlauf der Geist des in Trance befindli-
chen Schamanen seinen Körper verlässt,
um derart durch extrakorporale metaphy-
sische Aktivitäten bestimmte Ziele zu erreichen.
Er kommuniziert dann mit Geistern, begibt
sich auf eine Jenseitsreise oder tritt in
den Körper eines Tieres ein.

Tritt die Ekstase spontan und gegen den Willen des Betroffenen auf, spricht man von Besessenheit.

Besessenheit: Früher eine generelle Bezeichnung für Geisteskrankheiten mit entsprechend ausgebildeter auffälliger Symptomatik, die man durch Exorzismus zu behandeln suchte.«[1]

Ich schlucke zweimal, aber ich bekomme den Frosch einfach nicht aus dem Hals. Da hatte mein Bauch also Recht.

Irgendwie ist das ja faszinierend, wie viele verschiedene Menschen ich hier antreffe, zu denen ich sonst niemals Kontakt hätte. Ist aber auch gleichzeitig irgendwie erschreckend.

Ich: *Sorry Schamane, aber ich habe gerade Besuch bekommen, ich muss leider unsere Unterhaltung beenden. Ich wünsche dir noch einen schönen Abend.*

Ich logge mich mal vorübergehend aus, für den Fall, dass er kontrollieren wollte, ob ich noch online bin, gehe aber später wieder online, um zu schauen, ob es keine Möglichkeit gibt, hier unsichtbar aufzutauchen.

Bingo, nur den Haken an die richtige Stelle gesetzt, schon bin ich fein raus und niemand kann sehen, wann ich online bin.

---

1 Quelle: Wikipedia

Wie sehr ich mich doch mittlerweile schon über Kleinigkeiten freuen kann. Bleibe daher eingeloggt.

Zum Glück, denn sonst hätte ich den wunderbaren Chat, der kurz darauf folgte, nicht erlebt.

Pling: Charmeur: Hallo luna, dein Profil gefällt mir

Ich sehe mir seinen Profiltext an, ist okay, zumindest ist er kein Schamane.

Ich: Hallo Charmeur, ist dein Name Programm?
Charmeur: Ja aber halloo
Charmeur: Lust auf einen erotischen Plausch?

So langsam gehen mir die Männer mit ihren Wünschen nach erotischen Chats auf den Zeiger.

Ich lasse mich scheinbar auf den Chat ein, der Verlauf wird aber anders aussehen, als er es sich gedacht hat. Diesen Chatverlauf habe ich mal irgendwo in den Tiefen des Internets gefunden und nun werde ich ihn abändern und verwenden.

Ich: Hallo Charmeur. Ja warum nicht, wie siehst du denn aus?
Charmeur: Ich bin 1,90 Meter groß und wiege etwa 94 Kilogramm. Ich trage eine randlose Brille, einen dunklen Anzug mit einem Hemd. Ich treibe täglich Sport und

bin braun gebrannt. Warte, ich lade dich
in den Chat ein.
Charmeur: Und du luna, wie siehst du aus?

Ich nehme die Chat-Einladung an.

Ich: Ich trag' ne alte Jogginghose, die
schon etwas zu kurz ist und ein gestreif-
tes Shirt. Sehe aus, als müsste ich drin-
gend mal wieder etwas Sport treiben. Ich
bin noch nicht geduscht und habe meine
strähnigen Haare deshalb schnell zu einem
Pferdeschwanz zusammengebunden. Ich bin
barfuss und sehe gerade, dass ich meine Zehennägel mal wieder lackieren muss.
Aber ich habe Lust auf dich
Charmeur: Hmmmmmm na ja, aber ich habe ja
Fantasie
Charmeur: Ich will dich.
Ich: ok
Charmeur: ich führe dich in mein schlafzimmer.
Charmeur: ruhige musik spielt und bren-
nende kerzen stehen auf meinen nacht-
schrank.
Charmeur: ich schaue dir tief in deine
augen.
Charmeur: meine hand liegt auf deiner hüfte, ich um-
arme dich und ziehe dir langsam dein t-shirt aus
Ich: ich schlucke und werde nervös
Ich: ich knöpfe dein Hemd auf, meine Hän-
de zittern

Charmeur: drücke mich an dich
Ich: bekomme den Knopf nicht los und rei-
ße ihn dir aus Versehen ab. Es tut mir
leid, dass der Stoff dabei gerissen ist
Charmeur: ist ok, es war nicht so teuer,
mach einfach weiter
Ich: ich bezahle das Hemd
Charmeur: ich sagte doch ist ok

Oh man, der lässt sich nicht abschrecken

Charmeur: ich betrachte dich in deinem schwarzen bh mit der verführerischen
spitze
Charmeur: drehe dich um und öffne langsam
den verschluss
Ich: Mist, hätte ich doch statt des alten
ausgeleierten alten BHs lieber Einen mit
Spitze angezogen.

Scheinbar wird beim Chatten die Shift-Taste generell
nicht benutzt, aber ich halte mich nicht daran.

Ich: stöhne lustvoll, werfe meinen Kopf
voller Vergnügen zurück und treffe genau
dein Kinn. Du stöhnst auch, aber schmerz-
voll
Charmeur: ich fahre meine finger durch
dein haar
Charmeur: knabbere an deinem ohr

Ich: bin kitzelig, drehe meinen Kopf ruckartig zur Seite und treffe dieses Mal deine Schläfe
Charmeur: streichel deinen rücken
Ich: Aaaaaaaaaah, ich schreie laut auf.
Ich: deine Hände sind eiskalt
Charmeur: ich küsse dich
Ich: erwidere deinen Kuss
Charmeur: presse mich an dich und küsse dich heftiger
Ich: Moment bitte, ich habe einen Frosch im Hals
Ich: ich huste und huste und huste. Ich glaube ich ersticke, ich muss etwas trinken
Ich: renne zur Küche, und suche ein Glas.
Ich: Wo stehen deine Gläser?

Charmeur, du hast echt Geduld und mir fängt es an Spaß zu machen.

Charmeur: im schrank über der spüle
Ich: ich trinke eine Tasse Wasser. Jetzt geht es wieder
Charmeur: jetzt komm endlich zu mir zurück
Ich: Moment, ich spüle nur noch eben das Glas
Ich: ich komme zurück in das Schlafzimmer. Es ist dunkel, finde den Weg nicht. Wo ist das Zimmer?

Charmeur: hier, die tür steht doch auf, du siehst doch das kerzenlicht

Ich: ja ich sehe es.

Charmeur: komm jetzt

Ich: ungeschickt trete ich dir auf deine Füße und du zuckst zusammen.

Ich: Entschuldigung

Charmeur: ist schon ok, lass uns weiter machen

Charmeur: küsse dich leidenschaftlich und wir fallen aufs Bett

Ich: du tust mir weh, deine Brille drückt mir ins Gesicht

Ich: nimm sie bitte ab

Ich: gib sie mir, ich lege sie auf den Nachtschrank

Ich: beuge mich über dich, will die Brille auf deinen Nachttisch legen und falle dabei aus dem Bett, direkt auf deine Brille. Verflixt, sie ist zerbrochen, tut mir leid.

Charmeur: man das ist doch jetzt egal

Charmeur: jetzt mach endlich weiter

Ich: kleinen Moment noch, ich stelle die Kerze nur ein wenig weiter nach hinten auf deinen Nachttisch, nicht, dass sie umfällt.

Ich: leider stoße ich mit meinem Arm dabei gegen einen Bilderrahmen, der zerbricht

Ich: Ich schneide mich am Glas und das Blut tropft auf deine Nachtlektüre, die neben dem Fotorahmen liegt
Ich: ich schüttele meine Hand vor Schmerzen.
Ich: das Blut fliegt an deine Tapete und die Kerze fällt um. Sorry, es tut mir wirklich leid.
Ich: Mist, deine Gardine kokelt
Ich: Ist aber trotzdem schön mit dir, komm wir machen weiter

Charmeur hat sich längst ausgeloggt, aber ich hatte meinen Spaß. Vergnügt logge ich mich ebenfalls aus.

Kapitel 15

Montagabend

Schon wieder bin ich online. Nein, ich bin nicht süchtig, ich wollte nur mal kurz schauen …
Unter anderem hat mir »Trucker1957« morgens eine Mail geschrieben, die ich mir jetzt mal ansehe.

hallo luna möchte dich gern kennenlernen.
Das was du möchtest, suche ich auch. würde mich sehr darüber freuen, wenn du mir antwortest. vielleicht können wie bald schon telefonieren und uns treffen und dem anderem tief in die Augen sehen.
LG Trucker1957

Ich sehe mir seinen Profiltext an. Klingt an sich gut, aber 1,71 m ist mir definitiv zu klein, größer als ich sollte mein Partner schon sein und wenn es geht viel größer. Ich bin höflich und bedanke mich zumindest für die Mail, denn er hat sich ja Mühe gegeben und mehr als nur ein »hi« zu »Papier« gebracht.

hallo Trucker1957
Vielen Dank für die Mail.

Ich muss dir aber leider mitteilen, dass ich Männer ab 1,90 m als Partner suche. Gruß luna

Trucker1957: hallo luna.

Er ist also online

Trucker1957: Denke doch mal bitte darüber nach, ob es schlimm ist wenn ich kleiner bin als du. das sollte doch kein Grund sein sich nich lieben zu lernen. lieben Gruß Trucker1957
Ich: Ich denke, wenn der Richtige vor mir steht und es funkt, dann spielt die Größe auch keine so bedeutende Rolle. Wie gesagt WENN ...
Trucker1957: Laß uns versuchen ob ich der richtige bin. möchte dich sehen und dir tief in die Augen sehen. wer weiß, was dann passiert. laß es doch einfach zu, luna. lieben Gruß von mir Manfred

Ich reagiere nicht mehr und logge mich aus.

Am nächsten Abend sehe ich die nächsten Mails von ihm in meinem Postfach.

Ich geb nich mehr auf, bis ich dir in die Augen geschaut habe.
luna, laß uns doch treffen, bitte, ich habe ein Gefühl in mir, das kann ich

dir nich beschreiben. Allerdings möchte
ich dir auch nich auf die Nerven rumtre-
ten. wenns möglich ist für dich würde ich
vorschlagen, morgen oder übermorgen. ich
freue mich , wieder von dir zu hören.
Liebe Grüße Manfred

luna ich muß es jetzt einfach machen. ich
geb dir jetzt meine Telefon-Nr.
warte drauf deine Stimme zu hören und
freue mich auf dich, ruf mich bitte an.
ich rufe auch zurück. egal wie spät. das
eizige Problem was du in deinen ganzen
Mails hast, ist die Größe und das kriegen
wir wohl hin, da bin ich mit sicher, ganz
sicher! dir noch eine ganz lieben Gruß
ich denke an Dich!
Manfred

Ist das hier eine Internetversion der versteckten Kamera?
Ich bin völlig verunsichert, als eine Stunde später bereits
die nächste Mail eintrifft.

lauf doch vor der Wirklichkeit nich weg
und ruf mich doch einfach an. laß uns mal
telefonieren. was mich so sicher macht,
dass du die richtige bist kann ich dir
sagen. ich bin jetzt fast ein halbes Jahr
hier und habe dieses Gefühl bei nich ei-
ner verspührt. einfach anders als bei al-
len anderen. ich mache dir nichs vor,
verstehe es selber nicht, beim einschla-

fen an dich denken, wenn ich aufwache
das gleiche. wir gehen auch ganz anders
miteinander um. du mit mir und ich viel-
leicht auch mit dir?
ach luna, laß was von dir hören,von mir
aus auch noch heute Nacht, meine Telefon
Nr. hast du ja. ansonsten wünsche ich dir
eine gute Nacht und schlafe gut.
Liebe Grüße Manfred

Vier Mails, er lässt einfach nicht locker. Soll ich noch mal antworten? Ich werde noch eine Mail schreiben, irgendwie tut er mir ja auch leid.

Manfred, ich möchte dir nicht zu nahe
treten, aber meinst du nicht, das der
Wunsch Vater des Gedankens ist?
Nach einem halben Jahr Suche möchte Mann
so langsam mal Erfolge sehen.
Ich laufe nicht vor der Wahrheit weg,
dazu bin ich absolut nicht der Typ, aber
ich habe andere Prioritäten.
Wenn der Richtige vor mir steht, dann,
und das sagte ich dir bereits, wird es
Kribbeln, selbst dann, wenn ich ihn nur
lese und das ist bei dir leider nicht der
Fall
Ciao … luna

luna, schade daß es bei dir nich der Fall
ist, bei mir wa, oder ist es so. Aber ge-
nau das, was du vermißt bei dir, fand bei

128

mir statt und zwar schon beim schreiben. wenns bei dir nich statt fand, sind wir machtlos und zwar alle Beide, dann hat es auch keinen Zweck. ich stelle immer wieder fest wenns drum geht, dem anderen gegenüber zu stehen, dann kneifen hier 80-90 Prozent. oder sie schreiben schon nich ehrlich rein, was sie suchen.

Manfred, das wird meine letzte Mail an dich sein. Ich bin ehrlich und authentisch ... immer und ich werde mich auch mit Männern treffen, bei denen ich meine, es könnte klappen.
Aber ich werde mich nicht verbiegen und auch keine halbherzige Beziehung eingehen.
Machs gut luna

luna, ich sitze nich ein halbes Jahr vorm PC, da denkst du falsch über mich. ich habe dir alles ehrlich geschrieben und bin nich auf der Suche, mit allen Mitteln von heute auf morgen jemande zu finden. Manfred

Das ist aber jetzt jemand eingeschnappt, egal, war eh überzogen und unglaubwürdig, was er von sich gegeben hat.

Will mich gerade ausloggen, als ich auf eine Nachricht von FF_HH aufmerksam werde.

FF_HH: *Hallo luna hast du French an deinen Fußnägeln?*

»Manche sind aber auch echt schräg drauf« ist mein erster Gedanke.

»*warum interessiert dich das?*« antworte ich, ohne dass ich vorher einen Blick in seinen Profiltext geworfen habe.

FF_HH: *Ich finde French an Zehennägeln extrem erotisch.*

Ich antworte ziemlich lust- und interessenlos:

Ich: *Ja natürlich, sieht doch klasse aus*
FF_HH: *Ja sieht geil aus, ich stehe da total drauf*

Ob das FF für Fußfetischist steht und es ihn anmacht, wenn ich ihm schreibe, dass ich mir langsam einen Zehennagel nach dem anderen lackiere und, um es noch spannender und aufregender zu machen, sie mir vorher ausgiebig feile? Will ich aber dann doch lieber nicht herausfinden.

Ich: *Freut mich für dich … viel Erfolg dann noch hier … cu*

Ich logge mich aus und werde frühestens erst wieder am Freitag online gehen.

Kapitel 16

Mittwochmittag

Ob Freitag- oder Mittwochmittag, so groß ist der Unterschied nun auch nicht, ich werfe ja nur mal eben einen Blick über die Profile in der Vorschau, dauert ja nicht lange.

NEIN chatten werde ich natürlich nicht, dazu habe ich doch gar keine Zeit.

Gentleman_deluxe: Nur wer die Gegenwart genießt, wird in Zukunft ei

Nur wer die Gegenwart genießt, wird in Zukunft eine schöne Vergangenheit haben. Ich bin zu alt, um nur zu spielen und zu jung, um ohne Wunsch zu sein ...

1,98 m, schwarzhaarig, 107 kg, Interessen, die mir gefallen, leitende Position, in meiner Stadt ... fängt ja mehr als gut an. Sitzt jetzt sicherlich im Büro und schalte einfach mal ein bisschen ab von der schweren Verantwortung, die er zu tragen hat.

Während ich noch mit mir kämpfe, ob ich ihn anschreiben soll oder nicht (ich logge mich ja sofort wieder aus, da ich ja jetzt nicht chatten will), nimmt er mir die Entscheidung ab und schreibt mich an.

Gentleman_deluxe: *Na du interessante Frau, sitzt du auch im Büro und nutzt deine Mittagspause?*
Ich: *Nein ich bin zu Hause und wollte auch gleich wieder offline gehen.*
Gentleman_deluxe: *schade*
Ich: *kannst du doch noch gar nicht beurteilen*
Gentleman_deluxe: *Auch wenn du nicht lange bleibst, lade ich dich zum Chat ein, bitte nimm die Einladung an*

Okay ganz kurz kann ich ja mal ein bisschen chatten. Aber nur ganz kurz und nehme die Chateinladung an.

Ich: *danke für Deine Einladung*
Gentleman_deluxe: *gerne, bin ja auch ein kleiner egoist*
Ich: *nur ein kleiner? *smile**

Passe mich heute den Gepflogenheiten des Chats an und ignoriere die Shift-Taste.

Gentleman_deluxe: *so ganz klein nicht, aber ein gesundes maß an egoismus ist ja auch völlig legitim*
Ich: *stimmt, 1,98m ist nicht wirklich klein und es ist nicht nur legitim, son-*

dern auch ab und an wichtig fürs überle-
ben
Gentleman_deluxe: *glaubst du wirklich in*
einer singlebörse einen adäquaten part-
ner zu finden?
Ich: *bis gerade war ich noch so blauäugig*
Ich: *:-)*
Gentleman_deluxe: *;-)*
Ich: *ich bin nicht der typische knei-*
pengänger und auf der stirn steht auch
nicht, dass ich single bin ... ich suche
auch nicht auf teufel komm raus, ich bin
ja nicht unzufrieden mit meinem leben,
aber spuren legen muss frau nun mal ;-)
Gentleman_deluxe: *sag ehrlich, wie groß*
würdest du deine chancen einschätzen hier
einen partner zu finden, bei dem du dich
nicht verbiegen musst, mit dem du dein
leben teilen möchtest?
Ich werde leicht unsicher.

Jetzt fragt er schon zum zweiten Mal nach. Was soll das?

Ob er wirklich meint ich hätte hier keine Chance mehr? Dennoch bleibe ich bei meiner Meinung.

Ich: *hier sehe ich die chance als sehr*
hoch an, da ich ja im vorfeld filtern kann.
Ich: *Das heißt, ich »sortiere« schon vor*
nach größe, wohnort, bildung und inter-
essen. Hinzu kommt die möglichkeit sich
per mail oder im chat und später dann am
telefon näher kennen zu lernen.

Da kann man schon abschätzen, ob es passen könnte, das weißt du ja bei einem zufälligen treffen im realen anfangs noch nicht.

Der nachteil in netz ist nur der, dass es noch so gut passen könnte, wenn es beim ersten treffen nicht funkt, dann wird das nichts mehr. Ich glaube nicht an tausendmal berührt.

Gentleman_deluxe: du scheinst dich ja auszukennen *g*

Ich: ist jetzt bloße theorie, ich hatte noch kein treffen

Ich: ansonsten sehe ich meine chance generell als gering an, den passenden partner zu finden.

Gentleman_deluxe: das klingt jetzt aber verbittert

Ich: das bin ich aber nicht, ich sehe es nur realistisch

Gentleman_deluxe: foren wie hier sind nur traumwelten

Gentleman_deluxe: es wird nirgends so viel gelogen wie hier

Ich: wieviel prozent wahrheit besitzen denn deine aussagen? ;-)

»Butter bei die Fische«, jetzt wird es spannend.

Gentleman_deluxe: deine art ist wirklich sehr erfrischend

Ich: geschickt abgelenkt

Ich: *hier im netz findet nur ein kleiner teil meines realen lebens statt.*
ich bin jetzt nur noch hier, weil wir beide chatten, ansonsten würde ich nicht mehr vor dem pc sitzen.

Okay, ich gebe zu, das entsprach in letzter Zeit nicht so ganz der Wahrheit, aber direkt gelogen ist es ja auch nicht.

Gentleman_deluxe: *wieso siehst du deine chance als gering an? Meinst du, dass dir mit 50 die zeit wegläuft?*
Ich: *ja klar, die zeit und die männer ;-)*
Ich: *im ernst, je länger ich alleine bleibe und je älter ich werde, umso geringer werden meine chancen einen partner kennen zu lernen, bei dem es passt.*
Ich weiß, was ich will und ich weiß vor allem, was ich nicht will und das wissen die männer ja schließlich auch.
Ich: *und außerdem welcher 50+jährige, der jetzt wieder ungebunden ist, will denn eine 50jährige? hatten sie doch die ganze zeit vorher, jetzt sind bei ihnen die jungen frauen gefragt, 10 bis 15 jahre jünger ...*
Gentleman_deluxe: *ich nicht*

Wie »ich nicht?« Hatte er vorher keine gleichalte Frau oder will er keine jüngere Partnerin? Ob ich ihn einfach fragen soll?

Gentleman_deluxe: *ich stehe nicht auf junge frauen, ich bevorzuge die reifen frauen, mit denen ich mich unterhalten kann.*

Gentleman_deluxe: *auf augenhöhe*

Gentleman_deluxe: *frauen wie du, du hast stil, niveau und sehr viel charme* :-)

Ich: *:-)*

Ich: *mach mich nicht verlegen*

Gentleman_deluxe: *Deine Zeilen »klingen« sehr sympathisch und sehr niveauvoll*

Ich: *danke, aber ich bin eine ganz normale frau, die nur hier ein wenig mehr auffällt, da sie nicht ganz blind ist ;-) du kennst doch sicherlich den spruch von dem einäugigen unter den blinden oder?*

Gentleman_deluxe: *wie meinst du das?*

Ist jetzt nicht wahr oder? Das muss ich auch noch erklären? Gibt schon mal die ersten Punktabzüge in der B-Note

Ich: *dass es ist kein kunststück ist hier als niveauvoll etc. zu gelten, zumindest dann nicht, wenn ich davon ausgehe, dass sich die profiltexte der frauen nicht zu sehr von denen der männer unterscheiden*

Gentleman_deluxe: *du scheinst ja erfahrung zu haben*

Ich: *ja lies dir doch mal 10 profiltexte der männer durch und du gibst mir bei 80 % recht*

Gentleman_deluxe: du bist aber negativ eingestellt, think positiv *g*
Ich: ich versuche negative gedanken zu vermeiden. Ich formuliere sie statt dessen positiv, gelingt mir nicht immer, aber doch meistens
Ich: es hilft ungemein, nicht nur deine gedanken sind positivber, auch du selber erscheinst viel positiver auch in deiner qirkung auf andere
Ich: positiver und wirkung

Ich kann es einfach nicht lassen, so extreme Tippfehler muss ich einfach korrigieren.

Gentleman_deluxe: du musst dich nicht korrigieren, ich verstehe dich auch mit Tippfehlern
Ich: doch, das tat mir zu sehr in den augen weh, ansonsten denke ich schon, dass du weißt, dass ich der deutschen rechtschreibung mächtig bin und von daher sind im chat auch mal buchstabendreher absolut erlaubt
Ich: allerdings nur im chat. im profiltext verzeihe ich es nicht, denn da sind fehlerhafte rechtschreibung, sowie der fehlende gebrauch von satzzeichen und der shifttaste absolute no-gos.
Gentleman_deluxe: sehe ich auch so
Ich: also verbessern wir unsere tippfehler nicht mehr?

Gentleman_deluxe: welche tippfehler?

Ich: ein gentleman durch und durch *smile*

Gentleman_deluxe: :-)

Ich: ich mag es, wenn eine unterhaltung auf augenhöhe statt findet und es einfach läuft, wenn man nicht krampfhaft nach themen suchen muss

Gentleman_deluxe: ich auch und ich mag deine art zu schreiben jetzt schon

Ich: das kannst du nach den paar sätzen schon beurteilen?

Ich: ;-)

Gentleman_deluxe: zumindest genieße ich das vergnügen eines solch zauberhaften zeilenaustausches mit dir

Ich: was soll ich jetzt darauf antworten?

Gentleman_deluxe: sorry wollte dich nicht verunsichern, nur feststellen, wie sehr ich den chat mit Dir mag

Ich: dito

Gentleman_deluxe: ich werde mich jedenfalls gerne an unser gespräch erinnern

Ich: ich auch, ist nämlich mein allererster längerer chat

Gentleman_deluxe: oha da kannst du ja von glück reden, dass du auf mich getroffen bist

Wie Recht du nur hast :-)

Ich: gut, dass du nicht eingebildet bist

Ich: *g*

Gentleman_deluxe: *das ist nur gesundes selbstbewusstsein*
Ich: *na dann*

Ich glaube, ich habe einen Adrenalinschub bekommen und lächele die ganze Zeit vor mich hin.

Gentleman_deluxe: *ich muss jetzt leider raus, habe noch einen Termin. schade, denn ich würde mich gerne noch lange gern mit dir unterhalten. ich hoffe wir bleiben in kontakt.*
Ich: *ja gerne*
Gentleman_deluxe: *hast du heute Abend Zeit?*
Ich: *ich versuche so gegen 21 uhr hier zu sein, passt es bei dir?*
Gentleman_deluxe: *ich werde hier sein und freue mich über eine Fortsetzung unseres Gespräches. Bis später dann*
Ich: *Bis später, ciao*

Ich weiß nicht einmal, wie er heißt und freue mich, seltsam …

Kapitel 17

Mittwochabend 21:00 Uhr

Zugesagt ist zugesagt, also muss ich ja auch online sein, auch wenn es immer noch nicht Freitag ist. Und während ich auf den Gentleman warte, geht ein neues Fenster unten in der Leiste des Monitors auf.

Pling: Seelenlicht: *Hallo luna, ich schenke dir eine Pfauenfeder, sie ist ein gutes Schutzmittel gegen böse Geister.*

Oha ... wie antworte ich auf so eine Mail? Ob er wohl meint, ich bräuchte hier so etwas?

Ich schaue mir sein Profil an:

Ich suche eine intensive Freundschaft mit einer spirituellen Frau. Ob später mehr daraus werden kann, entscheidet sich bei unserem ersten Treffen. Unser Bauchgefühl wird uns dann innerhalb von 3 Sekunden sagen, ob wir uns wieder sehen werden, ob wir unsere Herzen öffnen können. Meine Interessen:

Astrologie • Augen • Avalon • Ayurveda •
Aura • Ausstrahlung • Autogenes Training •
Astralebene • Astrologie • Astralkörper •
Außerkörperliche Erfahrungen • Bedingungs-
lose Liebe • Blickkontakt • Bachblüten •
Blockadenlösung • Bewusstseinsseele •
Chakren • Channeling • Chi • Dunkelwesen •
Déja-vu • Drittes Auge • Einfühlungsver-
mögen • Enneagramm • Emotionen • Engel •
Energiearbeit • Engelkontakt • Esoterik •
Früheres Leben • Feng Shui • Feuerlauf •
Findhorn • Geister • Geistheiler • Geis-
tige Gesetze • Geistwesen • Harmonie •
Hellsehen • Hypnose • Höheres Selbst •
Huna • Intensität • Intuition • Inneres
Licht • Isis • Klangschalen • Kartenle-
gen • Kerzen • Keltische Baumzeichen •
Kraftorte • Lenormand • Lichtarbeit • Ma-
gie • Medialität • Meditation • Mystik •
Meisterebene • Natur • Naturgeister • Nah-
toderfahrung • PSI • progressive Muskel-
entspannung • Pendeln • Reinkarnation •
Respekt • Rückführung • Reiki • Seelen-
verbindung • Seelenlicht • Schamanismus •
Seelenwanderung • Spiritualität • San-
skrit • Sternenhimmel • Sternzeichen •
Sympathie • Tarot • Telepathie • Toleranz •
Tunnelerfahrung • Tantra • Tranformation •
Träume • Weisheit • Yin/Yang • Zigeuner-
karten • Zwischenwelt

Eckdaten hervorragend, aber die Interessen finde ich arg heftig. Die eine Hälfte kenne ich erst gar nicht, die andere Hälfte macht mir Angst. Schamane, Dunkelwesen, Astralkörper, Zwischenwelt.

Gibt es hier denn keine Männer, die, so wie ich, stinklangweilige Hobbys haben, wie Lesen, Garten und Spazierengehen?

Ich wollte ihm zuerst antworten, er solle dem Pfau nicht alle Federn rausreißen, entscheide mich aber dann doch dafür, ihm zu danken.

Weise ihn aber trotzdem darauf hin, dass ich sie an lebenden Tieren schöner finde.

Er fragt mich, ob ich mich für Esoterik interessiere und schon mal außerkörperliche oder Tunnelerfahrungen gemacht habe. Ich beschreibe ihm, wie ich mal in Schweden oder Norwegen, das hätte ich jetzt vergessen, durch einen kilometerlangen Tunnel, der einfach in Stein gehauen war, durchgefahren bin und ich dabei ein ganz mulmiges Gefühl hatte, um nicht zu sagen »Angst«. Anhand seiner Reaktion erkenne ich, dass er diese Art der Tunnelerfahrung aber nicht gemeint hat ;-)

Seelenlicht reagiert nicht mehr.

Auch ich beschäftige mich nicht weiter mit dem Thema, denn der Gentleman lädt mich in den Chat ein. Ich nehme die Einladung natürlich an.

Gentleman_deluxe: *Schön, dass du da bist luna, ich freue mich*
Ich: *ich freue mich auch gentleman*
Gentleman_deluxe: *:-)*

Ich: *wie war dein termin?*

Gentleman_deluxe: *sehr erfolgreich, danke*

Gentleman_deluxe: *und wie war dein tag?*

Ich: *durchwachsen, keine höhen, aber auch keine tiefen*

Gentleman_deluxe: *die unterhaltung mit dir hat mir sehr gut gefallen, habe immer mal wieder daran gedacht*

So ging das dann eine Zeitlang ganz locker hin und her, bis ich ihn auf den Voicechat ansprach.

Gentleman_deluxe: *ja ich habe ein headset, moment ich schließe es eben an*

Ich bin gespannt auf seine Stimme.

Gentleman_deluxe: *Hallo luna*

Wow, eine dunkle Stimme, wie ich es mag.

Ich: *Ja dir auch noch mal ein herzliches hallo gentleman*

Ich: *Du hast eine schöne Stimme, gefällt mir*

Gentleman_deluxe: *ja danke, du auch*

Ich: *ich weiß *smile**

Pause, keine Reaktion mehr.

Ich: *War ein Scherz*

Gentleman_deluxe: ja
Ich: Ich hoffe du wirst, auf deinen Pro-
filtext bezogen, eine schöne Vergangen-
heit haben
Gentleman_deluxe: ja

Supergesprächig ist er ja gerade nicht.

Ich: Bist du immer so kurz ab?
Gentleman_deluxe: ich bin kein großer
Redner
Ich: Das Telefonat unterscheidet sich
schon erheblich von unserem Chat
Gentleman_deluxe: ja stimmt
Ich: möchtest du mir Etwas über dich er-
zählen?
Gentleman_deluxe: Was denn?
Ich: Das, was du von dir aus erzählen
möchtest

Und dann legt er los, x-mal unterbrochen von zig Pausen und zahlreichen Bemerkungen wie »ääh« und »nicht wahr«.

Monoton, ohne die Stimme zu erheben, redet er zäh und langsam weiter, von seinem Schützenverein, seiner Verwandtschaft, seinen Lieblingsfußballverein.

Mühsam unterdrücke ich ein Gähnen, stelle keine Fragen, mache keine Bemerkungen, aber er merkt es nicht.

Wie Recht du doch hattest, du bist wirklich kein guter Gesprächspartner.

Seine Geschichten sind so langweilig, sie würden sogar eine Sonnenuhr zum Stehen bringen. Wie komme ich bloß aus der Nummer wieder raus?

Am besten mit der Wahrheit oder zumindest mit der Halbwahrheit.

Ich: *Entschuldige bitte Gentleman, dass ich dich unterbrechen muss, aber meine Tochter ist gerade nach Hause gekommen und ich werde mich jetzt mit ihr unterhalten.*
Gentleman_deluxe: *Schade … ähhh wann bist du wieder hier?*
Ich: *Das weiß ich noch nicht, tschüss*

Ich habe sicher nicht vor, mit dir noch mal zu voicen.

Gentleman_deluxe: *Tschüss luna, bis dann*

Da trafen ja jetzt echt zwei Welten aufeinander.

Unfassbar, wie sich die Unterhaltungen in Wort und Sprache unterscheiden können. Ich logge mich aus und bin wieder um eine Erfahrung reicher.

Kapitel 18

Freitagmittag

Ob Freitagabend oder Freitagmittag, so groß ist der Unterschied da jetzt auch nicht, also was soll's. Mir fällt Lion-Hearts Profiltext in der Vorschau auf:

Lion-Heart: Hallo, Du bist auf der Suche, aber wonach? Nach ei

Da muss ich ja wohl mal einen Blick riskieren:

Hallo, Du bist auf der Suche, aber wonach?
Nach einem Seelenpartner, mit dem du den Rest deines Lebens genießen willst, auf der Suche nach einer lockeren Bekanntschaft oder bist du ganz gezielt auf der Suche nach einer Affäre?
Du siehst dir etliche Profile an, machst die Meisten wieder zu, siehst dir wenige Texte ein zweites Mal an und hin und wieder triffst du dich auch mit den Profilinhabern. Du meinst du hast dein Glück gefunden, aber sehr schnell bist du hier wieder täglich anzutreffen.

Warum? Weil deine Vorstellung nicht mit dem, was du im Realen antriffst, übereinstimmt.
Du hast dir ein Bild von deinem Gegenüber gemacht, hast dich vielleicht sogar verliebt.
Aber es war seine Art, es waren nur seine Worte, die dich verzaubert haben.
Die Wirklichkeit sieht anders aus.
Also liegt es doch eigentlich nahe seinen Traummann im richtigen Leben und nicht im Internet zu suchen. Sofort zu spüren, ob der Funke überspringt, ob man es miteinander versuchen möchte.
Was hält dich also davon ab, dir JETZT Schuhe anzuziehen und vor die Tür zu gehen?

Wow, meine Kragenweite, Größe, Bildung, Interessen, Alles passt und er wohnt auch noch in der Nachbarstadt. Ein Foto schickt er nur per Mail, wird schon seine Gründe dafür haben.

Er besucht ebenfalls mein Profil und schreibt mich kurz darauf an und es entwickelt sich ein wirklich interessanter und amüsanter langer Mailwechsel. Leider muss er noch mal raus, da er ein Meeting hat.

Lion-Heart: Bist du am Abend wieder online?
Ich: ja, ich werde ich versuchen ebenfalls online zu sein

Geschicktes Argument von mir, sonst meint er noch ich
wäre ein Dauerchatter.

Lion-Heart: Gegen 20:15 Uhr?
Ich: okay, bis dann

Abends logge ich mich dann wieder ein und der Löwe ist
auch schon da.

Sofort lädt er mich in den Chat ein und es geht ebenso
amüsant und locker weiter, wie mittags.

Ist nur irgendwie seltsam, dass er sich immer wieder
aus dem Chat ausloggt, einloggt, wieder ausloggt …

Netzschwankungen. Aaahaaa.

Nach einiger Zeit spreche ich ihn auf den Voicechat
an, aber er kann nicht, da er kein Headset besitzt. Leuch-
tet ein.

Lion-Heart: würde aber gerne deine Stimme hören
Ich: dann gib mir doch bitte deine Han-
dynummer
Lion-Heart: ähhh, das ist jetzt schlecht.
Lion-Heart: habe das Handy im Auto liegen
lassen und das Auto ist in der Werkstatt

Ajaaaaaaaaaa.

Ich: Dann gib mir doch deine Festnetz-
nummer
Lion-Heart: Habe kein FN, aber gib du mir
doch deine Telefonnummer, Montag rufe ich
dich vom Büro aus an

Ist mir nicht ganz koscher die Sache.

Lion-Heart: *Oder besser, ich komme dich besuchen, wann passt es dir? Heute oder morgen?*
Ich: *Sag mal, hältst du mich für blöd? Dass du verheiratet bist, das ist doch mehr als offensichtlich.*

Es folgt Geschwafel, seine Ehe bestehe nur noch auf dem Papier, aber er hat nun mal Bedürfnisse.

Ich: *deine Frau weiß also Bescheid, dass du eine Freundin suchst?*
Lion-Heart: *Neeein natürlich nicht*
Ich: *hatten wir nicht vorhin das Thema Ehrlichkeit und meintest du nicht, Ehrlichkeit wäre dir so wichtig?*
Lion-Heart: *Ich bin ja auch ehrlich*
Ich: *soso, wann denn?*
Lion-Heart: *Zumindest meistens*
Ich: *du meinst also, du bist immer dann ehrlich, wenn du nicht lügst? Gibt es ein bisschen schwanger?*
Lion-Heart: *???*
Ich: *Gibt auch kein bisschen Ehrlichkeit oder meinst du es reicht immer dann ehrlich zu sein, wenn du nicht lügst?*
Lion-Heart: *Jetzt sei doch nicht so spießig, wir sollten uns treffen und dann weiter sehen.*

Ich: *Kein Interesse, danke, ich bin nicht gerne zweite Wahl.*
Ich: *Ciao*

... und willkommen Nummer 13 in meiner Liste unerwünschter User. So ein *zensiert*.

Bin völlig gefrustet, da fällt mein Blick auf folgende Vorschau:

hausherr: *möchte mich niwovol unterhalten mit mädels von 35*

Das »Niveau« schaue ich mir doch mal genauer an, bin jetzt in genau der richtigen Stimmung für die passenden Antworten.

möchte mich niwovol unterhalten mit mädels von 35 bis 50 foto sacht nichs aus kann dem mensch auf eim bild in die augenschauen?

Schlimmer als erwartet, du lieber Himmel ...
Er möchte wohl, wird es aber nie können *grins*. Und als ob ich es geahnt hätte:

Pling: hausherr: *hasse lust auf ein niwovolen chät?*
Ich: *An und für sich ja, nur wüsste ich im Moment nicht mit wem*
hausherr: *na ich*
hausherr: *:-)*

Ich: *Sorry, aber dein Niwo ist nicht mein Niveau*
hausherr: *arogante tusse*
ich: *Ich würde mich ja gerne geistig mit dir duellieren, aber wie ich sehe bist du unbewaffnet*

... und damit erhöht sich die Anzahl auf 14.

Wollte mich gerade ausloggen, da lese ich folgende Vorschau:

you_and_me: *Du möchtest dich wieder verlieben? Wieder das Kri*

Du möchtest dich wieder verlieben? Wieder das Kribbeln im Bauch haben, dich auf deinen Partner freuen und ihm sagen: »Schön, dass es Dich gibt«.
Aber du bist innerlich noch nicht frei, hast noch nicht mit der Vergangenheit abgeschlossen. Oder ist es die Angst verletzt zu werden, die dich davon abhält Gefühle zuzulassen?
Dann hast du deine große Liebe noch nicht getroffen, denn wenn es so weit ist, dann spürst du es, dann wirst du nicht nachdenken, keine Vor- und Nachteile abwägen, dich nicht zurückhalten.
Du wirst lächeln, wenn du an ihn denkst, dich darauf freuen, seine Stimme zu hören.

Das ist es, was das Warten lohnenswert macht.

Hey hey, meine schlechte Laune verschwindet im Nu und ich schreibe ihn an, aber er antwortet leider nicht? Vielleicht ist er ja auch gar nicht online. Morgen früh liegt bestimmt eine Antwort im Postfach. Um es vorweg zu nehmen: Nein, liegt sie nicht.

Für heute reicht es mir und ich fahre den PC runter.

Kapitel 19

Samstag später Nachmittag

Unmittelbar nach dem Einloggen stolpere ich über focus' Profil. Na wenn das mal kein gutes Zeichen ist.

focus: `Ich mag: - Herausforderungen - Umarmungen - Den Vollmond -`

Da schaue ich mir doch gerne mal den ganzen Text an.

focus: `Ich mag:`
`- Herausforderungen`
`- Umarmungen`
`- Den Vollmond`
`- Briefe, die noch mit der Hand geschrieben sind`
`- Den Sommerregen`
`- Spannende Bücher`
`- Sonnenblumen`
`- Gute Gespräche`
`- Rotwein und Kaminfeuer`
`Ich suche eine aufrichtige Beziehung, die von Vertrauen, Respekt, Treue und Liebe geprägt ist.`

*Möchtest du es herausfinden, was ich noch
mag und wie ich bin?*

Klar. Größe, Bildung, Entfernung passt und da focus
nicht online ist, maile ich ihm.

*Hallo focus, wenn du Herausforderungen
magst, dann antworte mir.*

Halloooooooo, geht es vielleicht auch eine Spur weniger
arrogant? Wieder meldet sich mein zweites Ich. Ist irgendwie immer auf Kontra eingestellt.

*Hallo focus, wenn du Herausforderungen
magst, dann antworte mir nicht.*

Besser so? »Vergiss es« war die Antwort, ihm kann ich
wohl nie etwas Recht machen. Jetzt ziehe ich die Mail
eben alleine durch:

*Hallo focus, dein Profil gefällt mir sehr
gut, in deinen Interessen kann ich mich
wieder finden. Ich würde mich freuen, wenn
du mir antworten würdest. Lieben Gruß
luna*

Und weg mit der Mail, mal schauen, wann er sich mal
wieder einloggt und ob ich eine Antwort bekomme.
Währenddessen schaue ich mal noch ein bisschen um.

*Ralf_aus_Essen: Ich weiß dass es dich
gibt und du es sein wirst, d*

Ich weiß dass es dich gibt und du es sein wirst, die mein Herz gewinnt.
Ich wünsche mir, dass wir über Alles reden, gemeinsam träumen, uns vertrauen, lachen und auch weinen und uns nach einem Streit auch wieder versöhnen.
Ich möchte mit dir die Natur genießen, die Zweisamkeit und die Romantik.
Ich bin treu, liebevoll, aufmerksam, intelligent und zuverlässig und werde dich stets respektvoll behandeln.
Wann lese ich dich?

Wann? JETZT!!!! Dass es solche Männer noch gibt.

Völlig irritiert stelle ich fest, dass ich auf zwei Exemplare einer aussterbenden Art gestoßen bin: Den Romantiker.

Und dabei beide auch noch über 1,90 m, kräftig, intelligent. Meine Kragenweite.

Romantik und Männer, leider sonst ein Widerspruch in sich.

Ein entspanntes Abendessen bei Kerzenlicht, das ist für uns Frauen romantisch.

Männer dagegen maulen, weil sie nicht sehen können, was sie essen.

Rosen finden wir Frauen romantisch, als Badezusatz, als gestreute Blätter auf einem Weg zu etwas Besonderem mit Kerzen beleuchtet oder als Zugabe zu einem selbst geschriebenen Gedicht, aber doch nicht ein Strauß zu 1,99 Euro vom Discounter als Zugabe zu einem Mixer oder einer Friteuse zum Geburtstag.

Und jetzt gleich zwei Romantiker innerhalb von fünf Minuten und Ralf_aus_essen ist zu meinem Glück auch noch online.

Ich kann mein Glück kaum fassen und schieße Amors Pfeil jetzt in Form einer Mail selber ab.

Es muss schnell gehen, bevor er sich wieder ausloggt und daher kopiere ich meinen Text an focus einfach und schicke ihn an Ralf, merkt er ja nicht, ändere aber »Interessen« in »Wünschen« um:

Hallo Ralf, dein Profil gefällt mir sehr gut, in deinen Wünschen kann ich mich wieder finden. Ich würde mich freuen, wenn du mir antworten würdest. Lieben Gruß luna

... und weg mit der Mail.

Zum Glück habe ich im letzten Moment noch daran gedacht »focus« gegen »Ralf« auszutauschen. Wenn jetzt beide antworten sollten, dann kämme ich ins Schwitzen. Nicht auszudenken, wenn mich einer von beiden in den Chat einlädt und der andere sieht, dass ich chatte.

Ralf antwortet sofort und wir tauschen einige Mails aus.

Er schreibt lustig und interessant und als ich ihn gerade auf den Voice-Chat ansprechen wollte, kommt focus online, teilt mir aber nur kurz mit, dass er meine Mail gelesen hat und gerne mit mir in Kontakt kommen würde, jetzt aber leider zu einem Termin muss.

Wir verabreden uns für später hier im Chat.

Ist ja gerade noch mal gut gegangen, so kann ich jetzt mit Ralf voicen.

Ralf_aus_essen: *Namd sanniiiiie Eiferbibbsch isch frei misch*

NEIIIIIIIIIIIIIIIIIIIIIIIN!!!!!!

Aber abends kommt ja focus online, wenigstens ein Lichtblick.

Ich bin so geladen, dass ich beschließe zu chatten, um meinen Frust los zu werden.

Mein zukünftiger Chatpartner tut mir jetzt schon leid. Zuerst erscheint DomBo.

DomBo: *Guten Abend luna*

In Bochum steht ein Dom? Ist mir jetzt neu.

Ich: *Guten Abend DomBo*

Ich kann mir sein Profil jetzt im Moment nicht ansehen, da ich die Suchmaschine wieder mal in Anspruch nehme:

Das Document Object Model (DOM) ist eine Spezifikation einer Schnittstelle für den Zugriff auf HTML- oder XML-Dokumente. Aaaaaaaaaaaaaha.
Dom ist eine Kurzform von Dominik.
Dom ist eine gebräuchliche Abkürzung für die Dominikanische Republik.
Dom ist eine höfliche, respektvolle Anrede, dominus = Hausherr.

Die Dominanzhierarchie beschreibt die Rangordnung unter Hunden.

Hmmmm, was sagt mir jetzt also dieser Name?

Ist er der Dominik aus Bochum?
Ist er Netzwerkadministrator?
Fährt er gerne in die Karibik?
Ist er hier der Hausherr, sprich der Chatbetreiber oder schlicht und einfach ein Hundehalter?

Mir fällt ein, dass ich DomBo bereits schon mal bei meinem ersten Nick gelesen habe, sehe mir aber jetzt erst seinen Profiltext an.

Die Kunst der Dominanz
Führen - ohne vorzugeben
Sinne rauben - ohne Lust zu nehmen
Quälen - ohne zu verletzen
Halten - ohne Grenzen setzen
Fesseln - ohne festzuhalten
Stark sein - ohne zu erkalten
Formen - ohne zu verbiegen
Gewinnen - ohne zu siegen.

Also, um es kurz zu machen, der Chatbetreiber war DomBo nicht *g*.

Es war ein Mann aus der BDSM-Szene (ich musste, wen wundert's, erst ergoogeln, welche Szene das ist, aber wann treffe ich schon mal auf einen Mann mit diesen Vorlieben?

Nach einem kurzen informativen Chat wusste ich dann mehr und bekam den Mund vor lauter Staunen nicht mehr zu.

Was es nicht alles gibt …

Aber für mich gehört ein Andreaskreuz an einen Bahnübergang, Leinen oder Seile benutze ich zum Wäscheaufhängen, eine Gerte gehört in den Pferdestall, in den Käfig gehört für mich ein Vogel und ich würde nie und nimmer meinen Partner mit »mein Herr« anreden.

Meine Neugier ist befriedigt, mehr muss und möchte ich auch nicht wissen; ich verabschiede mich und wünsche ihm Erfolg bei seiner Partnersuche.

Aber geladen bin ich immer noch ;-)

Kapitel 20

Später am Abend

Focus ist da, er heißt Michael, wie sich später heraus-stellte.

Um es kurz zu machen: Ja, unser Chat war unterhaltsam, interessant, es passte einfach.

Wir tauschten Fotos aus und da es noch immer passte, gingen wir zum Telefonat über.

Und auch das passte :-)

Michael hatte eine tolle dunkle Stimme und die Un-terhaltung verlief absolut flüssig.

Wir wollten in Kontakt bleiben, taten es auch und der Chat hatte für mich ab da keinen Reiz mehr.

Sollte ich IHN wirklich gefunden haben???

Nach etlichen weiteren Telefonaten wollten wir uns dann auch endlich live sehen.

Unser erstes Treffen, MEIN erstes Treffen generell … man war ich aufgeregt…

Michael überließ mir die Entscheidung, wo wir uns tref-fen sollten. Ich überlegte hin und her. Sollen wir uns in Dorsten am Blauen See treffen und dort spazieren gehen oder setzen wir uns am Alten Rathaus nach draußen und essen ein Eis oder trinken einen Kaffee. Schwere Ent-scheidung.

Meine Heimatstadt hat viele schöne Ecken, aber welche ist geeignet für ein erstes Date? Bei mir am Haus, dann könnte ich mir von Julia ein Rad für ihn leihen und wir fahren zu Werner und Luise, dem Storchenpaar. Habe ich dann sofort wieder verworfen, ich wollte auf alle Fälle, dass wir uns in der Öffentlichkeit treffen, aber wo?

Bei Macces? Am Museum? In der Nähe der Polizei … nur mal so für den Fall der Fälle?

Ich habe mich schließlich ganz unspektakulär für einen Parkplatz in der Dorstener City entschieden und war schon fünf Minuten vor der Zeit da.

Ein Auto fährt vor, Farbe passt, das Städtekennzeichen stimmt, nur die Person, die aussteigt ist nicht die Person, auf die ich warte. Aber irgendwie habe ich den Eindruck, er kommt gezielt auf mich zu.

Ich drehe mich um, vielleicht steht ja noch jemand hinter mir … Fehlanzeige.

Oh Gott, er meint tatsächlich mich.

Mir steht der Schweiß schon auf der Stirn, was soll ich tun. Mich einfach ins Auto setzen und wegfahren?

Aber vielleicht ist Michael ja verhindert und schickt seinen Vater, um mir mitzuteilen, dass er sich verspätet und dass sein Handy nicht funktioniert … und meines auch nicht.

Egal, ich glaube jetzt schon das Unmögliche …

Ja klar, ist sein Vater bin ich mir jetzt sicher, würde dann auch erklären, warum er plötzlich mindestens zehn cm kleiner, aber dafür 15 Jahre älter als auf dem Foto ist.

»Hallo Luna, ich bin der Michael«

Ich warte auf den Zusatz »Senior«, aber er kommt nicht.

Ich fasse es nicht, das ist also mein Telefonpartner mit dem aktuellen Foto? Wie komme ich jetzt am besten aus dieser Situation heraus?

Soll ich ihm direkt und ehrlich sagen, dass es mit uns niemals etwas werden wird? Obwohl, freundlich ist er ja und seine Stimme hat sich ja auch nicht geändert. Er kann ja nichts dazu, dass ich andere Vorstellungen habe und er heute auf dem Weg zum Treffpunkt um Jahre gealtert ist.

Also Augen zu und durch und wir gingen zu einem nahe gelegenen Café und relativ schnell war die Befangenheit weg und wir plauderten wie am Telefon.

Für eine Beziehung reichte es dennoch nicht, das teilte ich ihm auch mit und so verließen wir nach einer Stunde auch wieder das Café und fuhren in entgegengesetzten Richtungen fort. Das »wir bleiben in Kontakt« hätten wir uns auch schenken können, denn wir wussten eigentlich ja beide, dass dem wahrscheinlich nicht so sein wird.

Auf der Rückfahrt war ich natürlich enttäuscht, freute mich aber dennoch, dass ich mein altes Schubladendenken kurz abgelegt hatte und wir uns trotzdem unterhalten haben. Und die Unterhaltung war, muss ich ehrlich zugeben, gar nicht mal so schlecht :-)

Dennoch wollte ich die Partnersuche online nicht weiterverfolgen, Ich loggte mich daher noch einmal ein, um meinen Account und damit auch luna für immer sterben zu lassen, denn jetzt wusste ich was LOL bedeutet: **L**ieber **O**ffline **L**eben.

Aber auf der Startseite bemerkte ich zwei verschiedene Anzeigen: »Speeddating in der Nachbarschaft« und »Singlereisen« …

Na, wenn das mal kein Zufall ist **;-)**

Lunas Chatlexikon

Gebräuchliche Abkürzungen in Chats:

GANZ WICHTIG! NIEMALS DURCHGEHEND IN GROẞBUCHSTABEN SCHREIBEN.

Bedeutet in der Chatsprache »Schreien«

LOL	lots of luck	viel Glück
oder	laughing out loud	laut lachen
ROF	rolling on the floor	über den Flur rollen
ROFL	rolling on the floor laughing	ich roll mich lachend über den Flur
IOW	in other words	mit anderen Worten
FYI	for your information	zu deiner Information
OIC	oh, I see	oh, sehe ich
IMO	in my opinion	meiner Meinung nach
THX	thank you	Danke
TYVM	thank you very much	danke vielmals
kv		kannste vergessen
Hdl		Hab dich lieb
T+	think positiv	denke positiv
BTW	by the way	übrigens
BBFN	bye bye for now	für jetzt erstmal Tschüss
TTYL	talk to you later	wir reden später weiter
cu	see you	wir sehen uns
j	joking	Spaß machen
g	grinning	grinsen
grr	grinning	grinsen
:-]	grinning	grinsen
:-)))	grinning	grinsen
l	laughing	lachen

s	smiling	lächeln
:-D		lauthals lachen
;-)		mit einem Auge zwinkern
:-P		Zunge rausstrecken
:'-)		vor Freude weinen
oder		Tränen lachen
:-)))		sehr glücklich
:-}		strahlend lachen
:->		sich diebisch freuen
:-?		sprachlos
:-*		Küsschen
((((**Name**))))		umarmen
(( )):*		umarmen und küssen
I-O		gähnen
:-#		schweigen wie ein Grab

Lunas Buchstabenkunst

3:]	Kuh
:---	Elefant
:-X	Katze
,,,^..^,,,	Katze schaut über einen Zaun (mit Krallen!)
}|{	Schmetterling
})i({	hübscher Schmetterling
8^	Huhn
8)	Frosch
<0__/__/_	Wurm
@(*O*)@	Koalabär
><((°>	Fisch
<:3)~~	Maus
8:]	Gorilla
+0:-]	Der Papst
***:o)**	Clown
=|:-)=	Abraham Lincoln
:-.)	Cindy Crawford
=):-)=	Uncle Sam
<[:{)}}	Der Weihnachtsmann
8:o)	Mickey Maus
(Z(:^P	Napoleon
:---I	Pinoccio
:-O	Mick Jagger
@@@@:-)	Marge Simson
C|:-=	Charlie Chaplin
8-)	Stevie Wonder
=:-)'	Punker
(+(:-)	Krankenschwester
:-#	Zahnspangenträger

8-)	Brillenträger
B-)	cooler Sonnenbrillenträger
B:-)	Sonnenbrille in die Stirn gezogen
{(:-)	Toupet-Träger
}(:-(	Toupet-Träger im Wind
{:-)	Mittelscheitel
:-)=	Ziegenbart
:-)}	Kinnbart
:-{)	Schnautzer
:-}	Vollbart
&:-)	Elvis-Frisur
@:-)	Turbanträger
*<:-)	Zipfelmütze
d:-)	Baseballkappe
/:-	Baskenmütze
<:I	Narrenkappe
:-}X	Fliegenträger
:-Q	Kippe im Wundwinkel
:-p~	Kettenraucher
:-[	Vampir
<¦-)=	Chinese
C=:-)	Chefkoch
O:-)	Engel
]:->	Teufel
cI_I	Tasse Kaffee
[:]	Roboter
,\=o-o=/'	eine Brille
@)}->-->--	Rose
<3	Herz
[] [] [] [] []	Zebrastreifen
*|	Sonnenaufgang

FSC
www.fsc.org
MIX
Papier | Fördert
gute Waldnutzung
FSC® C083411

Zeitfracht Medien GmbH
Ferdinand-Jühlke-Straße 7
99095 Erfurt, Deutschland
produktsicherheit@kolibri360.de